빌려드립니다

빌려
드립니다

MONGSIL
BOOKS

차 례

책을 빌려드립니다

_김이환

머나먼 미래, 인류는 발전한 과학기술을 가지고 우주로 향했다.

사람들은 멋진 우주선을 타고 우주 먼 곳까지 날아가 외계 행성을 개척해 도시를 만들었다. 외계 행성은 지구와는 환경이 아주 달라서, 사람들은 낯선 환경에 적응하려 생활 방식도 바꿔야 했고, 서로 다른 문화를 인정하고 존중해야 인류 문명이 오랫동안 번성할 수 있었다. 그래서 사람들은 완전히 다른 문화를 만나도 서로를 받아들이자고 약속했다. 오랜 시간이 흐르자 우주 곳곳에는 지구와 다른 다양한 문화의 도시가 생겨났다.

독특한 문화의 도시 중에는 '어드벤처 시티'도 있었다. 어드벤처 시티는 인간이 살기 적합한 행성이 아니었다. 따라서 다들 다른 도시로 떠나서 돈을 벌어 가끔 고향에 돌아왔다가 다시 낯선 도시로 돈을 벌러 떠났다. 우주 곳곳으로 모험을 떠났다가 돌아오는 문화가 자리 잡으면서, 모두가 모험을 즐기는 '어드벤처 시티'가 되었다. 지금 작고 낡은 우주선 이슈마엘호의 조종석에 앉아 라면을 먹는 정빈도 어드벤처 시티 출신이었다.

정빈은 남자처럼 짧은 머리카락에, 사설 우주선을 모는 선장들이 많이 입는 작업복 멜빵바지를 입고 있었다. 이제 중학교 2학년 여자아이였지만, 어드벤처 시티에서는 모험을 시작하기에 전혀 이른 나이가 아니었다. 그래서 이슈마엘호를 몰고 우주 곳곳을 다니며 돈을 벌었다. 일은 언제나 있었다. 우주에는 늘 배달할 물건과, 급한 일이 생겨서 작고 빠른 우주선을 타고 우주를 날아가야 하는 손님이 있었으니까.

지금도 정빈은 손님을 기다리며 라면을 먹고 있었다. 모니터 속의 뉴스 방송에서, 아나운서가 근방의 행성 aabb-998이 곧 폭발해 초신성이 된다는 소식을 전하는 중이었다. 정빈은 라면을 우물우물 씹으면서 뉴스를 지켜보았다. 행성 aabb-998이 폭발하면 먼 우주에서는 어두운 하늘에 밝게 보이는 아름다운 별이 될 것이다. 하지만 그건 멀리 떨어진 도시에서나 그렇고, 근처 도시들은 별에서 쏟아져나오는 온갖

광선과 에너지와 충격파 때문에 전자기기가 고장 나거나 텔레비전이 잘 나오지 않는 자잘한 불편을 겪을 터였다. 그리고 대형 우주선도 한동안 움직일 수 없었다. 뉴스의 아나운서는 우주 교통국이 소형 우주선의 운행만을 허용했다는 뉴스를 전했다. 초신성에서 나오는 에너지 파장이 거대한 우주선에 영향을 줄 수 있으므로 운행을 중단하고, 에너지 방어막이 강력한 소형 우주선의 운행만을 허용한다는 거였다.

정빈이 중얼거렸다.

"행성 aabb-998이 언젠가는 터질 줄은 알았지만, 오늘인지는 몰랐지."

"예측은 가능했습니다."

우주선을 관리하는 인공지능 우팔리가 정빈의 말에 대답했다. 우팔리는 우주선의 컴퓨터 안에 있고, 스피커를 통해 말하거나 혹은 정빈이 귀에 스마트 이어폰을 끼고 있을 때면 이어폰으로 목소리를 들을 수 있었다. 우팔리가 인공지능 중에서도 말이 많은 편이어서, 조용한 인공지능이 있으면 좋겠다고 정빈은 가끔 생각했지만 어쨌든 우팔리가 일을 정말 잘하기 때문에 그 정도는 사소한 불만이었다. 정빈은 우팔리에게 말했다.

"사람들이 이동하려면 우리 이슈마엘호 같은 소형 우주선을 찾을 테니까, 이 기회에 돈을 많이 벌어야지."

"오늘뿐 아니라 당분간 계속 이어질 겁니다. 하지만 초신성의 폭발은 우주선에도 영향을 미친다는 걸 잊지 마세요. 무리하게 운행해선 안 됩니다."

"우주선에 대해서는 아무것도 안 잊으니까 걱정하지 마. 이제 손님을 태우고 우주로 떠나볼까? 일단 가장 가까운 페스티벌 시티로 가자."

다 먹은 라면 용기를 치우며 정빈은 말했다.

페스티벌 시티는 우주에서 가장 유명한 놀이공원이었다. 도시 전체가 거대한 유원지인 도시였다. 수백 개의 놀이시설이 있고 일 년 내내 축제가 열렸고, 우주 전체에서 모이는 관광객이 쓰는 돈으로 상당한 수입을 올리는 부유한 도시였다. 오늘도 많은 아이가 부모님의 손을 잡고 페스티벌 시티로 놀러 왔다가, 집으로 돌아가는 대형 우주선 운행이 취소되자 소형 사설 우주선이 대기 중인 게이트로 모여들고 있었다. 정빈은 그중 페스티벌 시티와 가까운 도시로 가는 손님을 고르라고 우팔리에게 말했다.

우팔리가 고른 손님은 나이 많은 아저씨와 정빈 또래의 중학생 여자아이였는데, 아빠와 딸이라고 우팔리가 설명했다.

이슈마엘 호에 도착한 손님 중 아저씨가 정빈을 보고는 깜짝 놀라서 말했다.

"나이 어린 여자아이가 선장인 줄은 몰랐는데."

"어리지 않아요, 중학생이에요. 타실 건가요, 안 타실 건가요?"

아저씨가 머뭇거리는 동안, 옆에 있던 여자아이가 우주선을 둘러보더니 말했다.

"탈 거야."

그리고 우주선 안으로 들어왔다. 긴 머리에 예쁜 옷을 입고 새침한 표정을 한 예쁜 여자아이였다. 원래는 아저씨와 여자아이 둘이 같이 타기로 했지만, 여자아이를 따라 들어온 아저씨는 우주선 안을 한번 둘러보더니 마음을 바꿨는지 말했다.

"나는 나중에 가지."

이런 우주선에는 타고 싶지 않다는 표정이어서 정빈은 기분이 상했다. 그런 손님은 정빈도 태우고 싶지 않았다. 어쨌든 여자아이를 안전하게 바래다주는 대가로 돈을 많이 낸다고 해서 정빈은 별말 하지 않았다.

아저씨는 우주선에서 내리기 전 딸에게 말했다.

"도착하면 연락해라."

"응."

그가 내리고 정빈은 이슈마엘호를 움직여 하늘로 날아올랐
다.

우주선이 공항을 빠져나와 우주를 향해 날아가자, 여자아
이는 창 너머로 멀어지는 페스티벌 시티 풍경을 유심히 보았
다. 사설 우주선에 처음 탄 손님이라면 다들 그랬다. 여자아
이는 페스티벌 시티의 화려한 풍경을 보다가, 도시를 완전히
벗어나 우주 공간에 이르자 조정석에 앉은 정빈에게 다가와
말했다.

"내 이름은 유리야. 네 이름은 정빈이지? 예약할 때 우팔
리가 말해줬어. 너도 중학교 2학년이니? 나도 중학교 2학년
이야. 사설 우주선은 처음 타봐. 오늘은 집에 빨리 가야 해서
사설 우주선을 탄 거야."

정빈이 굳이 묻지 않았는데 유리는 계속 말을 이었다.

"오늘 내 생일이거든. 집에 가서 생일 케이크를 자를 거야.
그래서 빨리 가야 해."

"생일 축하해."

정빈은 짧게 대답하고, 우팔리와 어느 항로가 안전한지 의
논했다. 우팔리가 안전하고 빠른 항로를 몇 개 정해서 보여
주면 선장인 정빈이 최종 결정을 내렸다. 유리는 들고 있던

쇼핑백에서 케이크 상자를 꺼내더니 물었다.

"내 생일 케이크 먹을래? 맛있어. 딸기를 올린 생크림 케이크야."

"생일 케이크? 집에 케이크 자르러 간다며?"

"페스티벌 시티에서 하나 잘랐고, 집에 가면 또 자를 거야. 케이크 말고 과일도 있고 샌드위치도 있고 쿠키도 있어. 먹을래?"

"방금 라면 먹어서 괜찮아."

"라면 먹었으면 이제 디저트를 먹어야지."

유리는 말하더니 딸기와 크림을 가득 올린 케이크를 상자에서 꺼내 테이블 위에 놓았다. 그리고 접시와 칼과 포크까지 꺼냈다. 할 수 없이 정빈은 우팔리에게 우주선을 운전하라고 지시하고 테이블 앞에 앉았다. 우팔리가 우주선을 몰고 가는 동안에는 정빈이 별로 할 일이 없어서, 손님과 잡담으로 시간을 때울 때가 많았다. 그러니 케이크를 먹고 이야기를 들으면서 시간을 보내는 것도 나쁘진 않다고 생각했다.

정빈은 생일을 축하한다고 말하고 케이크를 먹었다. 유리도 같이 케이크를 먹으면서 물었다.

"정빈이 너는 왜 사설 우주선 조종사가 됐어?"

"설명하자면 길어."

"나는 긴 이야기 좋아하니까 말해봐."

유리의 엉뚱한 대답에, 정빈은 참 특이한 아이도 다 있다고 생각했다. 아무튼, 정빈은 어드벤처 시티 출신이라고 설명하고, 그곳은 모두가 모험을 떠나는 도시라서 자신도 모험 중이라고 했다. 사람들이 이상한 도시라고 생각하는 건 알지만 어쨌든 어드벤처 시티가 정빈의 고향이며 그곳이 좋다고도 말했다.

모두가 모험을 떠난다는 말을 듣자 유리가 물었다.

"모든 사람이 모험을 떠나면 도시에는 누가 있어?"

"잠시 모험에서 돌아온 사람들이 있지."

"사람이 많진 않겠네?"

"활기차. 누군가 떠나면 다른 누군가가 도착하니까."

유리가 그럼 가족들이 모일 때도 없냐고 물었다. 정빈이 별로 없다고, 꼭 모일 필요 없이 홀로그램으로 통화하면 만나는 것과 다름없지 않냐고 되물었더니 유리도 말했다.

"하긴 우리 가족도 그래. 엄마는 플레이아데스 시티, 아빠는 페스티벌 시티 사람이야. 이제는 따로 살아. 나는 엄마와 살고. 그래서 생일 파티도 아빠 도시에서 한번 엄마 도시에서 한번, 그렇게 두 번 하는 거야."

부모가 페스티벌 시티와 플레이아데스 시티 사람이라니 독특한 조합이었다. 최고의 유원지로 유명한 페스티벌 시티와 달리, 플레이아데스 시티는 커다란 도서관이 있는 도시로 유명한 곳이었다. 플레이아데스 사람은 처음 만난다고 말하자, 유리가 신이 나서 설명했다.

"플레이아데스 시티에는 우주에서 가장 거대한 도서관인 플레이아데스 도서관이 있어. 모든 도서관의 중심이지. 우주의 지식이 모이는 곳이야. 책도 잡지도 신문도 디지털화된 정보도 모두 다 보관하고 있어. 도시의 사람은 다 도서관에서 일하는 사서야. 나도 크면 사서가 될 거야."

유리는 책도 도서관도 아주 좋아하는 아이였지만, 정빈은 책을 좋아하지 않아서 아무리 크고 멋진 도서관이라고 유리가 신이 나서 말해도 별로 감흥이 없었다. 정빈이 자신은 책에 관심 없다고 대답했더니 유리가 되물었다.

"왜? 책 읽으면 재밌잖아."

"다른 재밌는 게 많잖아. 영화도 있고 드라마도 있고 가상현실 게임도 있는데 굳이 책을 읽을 필요 없잖아"

"다른 도시 아이들은 그렇겠지. 하지만 나는 아니야. 너는 북클럽이 뭔 줄도 모르겠네?"

같이 모여서 책 읽고 감상을 말하는 파티를 북클럽이라고 한다고 했다. 책을 읽는 파티라니 정빈에겐 정말 지루하게 들렸는데, 유리는 아주 재미있다면서 집으로 가면 북클럽 아이들과 같이 케이크를 자르고 책을 읽을 거라고 했다. 하지만 정빈에게는 여전히 재미없게 들렸다.

유리가 말했다.

"재미있어. 책 속에 모험이 있으니까."

"무슨 소리야, 모험은 책 밖에 있어."

정빈이 딱 잘라 말하자 유리가 정빈의 얼굴을 유심히 보더니 말했다.

"너도 좋아하는 책이 있잖아."

"내가? 무슨 책?"

"우주선 이름을 보면 알지."

"아, 이슈마엘…. 소설 <모비딕> 주인공 이름이지. 책은 안 읽었어. 영화로 봤거든. 배 타고 바다를 누비는 영화를 좋아해. 모험이 좋거든.

정빈이 말했을 때였다. 갑자기 우주선이 흔들렸다. 케이크를 담은 접시가 약간 흔들린 정도였지만 확실히 느꼈다. 우팔리가, 행성 aabb-998에서 흘러나온 충격파가 지나갔다고 바로 보고했다. 행성 aabb-998이 아직 폭발하지는 않았지만, 폭발 전 불규칙적으로 에너지를 분출하고 있었다. 우주선을 둘러싼 방어막이 에너지를 막았기 때문에 별다른 피해가 없다고 우팔리가 말했다.

"하지만 항로를 행성 aabb-998을 피해서 돌아가는 쪽으로 수정하는 편이 좋을 듯합니다."

우팔리의 제안에 정빈은 라운지의 허공에 입체 우주 지도를 띄운 다음 우팔리와 함께 지도를 짚으며 안전한 항로를 찾았다. 정빈은 유리에게 가장 좋은 항로를 설명했다.

"곧장 플레이아데스 시티로 가기보다는 마켓 시티를 경유하는 편이 안전하겠어. 마켓 시티가 우주선이 많이 오가는 곳이라 안전시설이 많고 급하면 바로 공항으로 피할 수도 있어."

"마켓 시티 지나가지 말고 곧장 가면 안 돼?"

유리가 난처한 표정으로 되물어서, 왜 그러냐고 정빈은 말했다. 유리는 더 난처한 얼굴로 대답했다.

"그게…. 친구와 통화하려고."

"통화야 그냥 하면 되잖아."

"마켓 시티에서는 허용 안 하는 '안드로메다 회선'으로 할 거야."

"안드로메다 회선? 그건 비밀 회선이잖아. 중학생이 비밀 회선으로 통화할 일이 뭐가 있어?"

안드로메다 회선은 인공지능을 사용하지 않는 개인 전용

회선이라서, 어른들이 사업 같은 사적인 용도로 대화할 때만 사용했다. 중학생이 쓴다는 말은 정빈도 처음 들었다. 하지만 유리가 계속 부탁했고, 이렇게까지 말했다.

"돈은 얼마든지 낼 테니까 마켓 시티 들리지 말고 가줘."

"알았어. 손님이 부탁하는데 들어줘야지. 돈 더 낼 필요까진 없어."

하지만 유리가 왜 비밀리에 전화하는지는 못내 궁금했다. 플레이아데스로 가는 동안, 유리는 정말 안드로메다 회선으로 몇 번 통화했다. 정빈이 정확히 듣지는 못했지만 들리는 대화로 대충 파악하건대 그냥 친구와 생일 축하 전화를 하는 것 같았다. 비밀스러운 전화는 아니었다.

이슈마엘 호가 안전히 플레이아데스 시티 공항에 착륙했을 때, 유리는 무슨 일인지 정빈에게 떠나지 말고 잠시 기다려 달라고 했다. 의아해진 정빈이 되물었다.

"기다리라고? 공항에서? 왜?"

"이유는 갔다 와서 말해줄게."

유리는 대답했고, 기다리는 시간도 운행 비용에 포함된다고 정빈이 말해도 괜찮다고 말하고 우주선을 나갔다. 정빈은 영문도 모르고 유리가 돌아오길 기다렸다.

잠시 후 유리가 다시 이슈마엘 호로 돌아오더니 물었다.

"정빈이 너 모험 좋아한다고 했지? 위험한 모험을 하고 돈 많이 벌고 싶지 않니?"

"얼마나 위험하고 돈은 얼마나 많은데?"

"많이 위험하고 돈도 많아."

유리의 뜬금없고 허세 섞인 말에, 정빈은 심드렁하게 대답했다.

"내가 아무리 돈 버는 걸 좋아하는 사설 우주선 선장이라고 해도, 불법적인 일은 안 해. 어차피 못하고. 밀수나 그런 거 하면 공항에서 다 걸려. 할 수 있다고 우기는 사설 우주선 선장들이 가끔 있는데 다 사기꾼이야."

"불법은 아니고 좀 위험한 곳에 갈 뿐이야."

"위험한 곳이야 자주 가지. 하지만 오늘은 행성 aabb-998이 언제 폭발할지 모르니까 내키지 않는걸. 이슈마엘 호의 에너지 방어막이 막을 수 있는 감마선은 한계가 있어."

"돈은 달라는 대로 줄게. 생일 선물로 용돈을 양쪽에서 다 받았거든. 돈 걱정하지 마."

"어디로 가야 하는데 그렇게 절박해?"

"낫싱 씨티."

정빈도 놀랐지만, 같이 듣고 있던 우팔리도 당황해서 낫싱 시티는 위험하다고 먼저 대답했다. 낫싱 시티는 행성 aabb-

998과 가장 가까운 도시였다.

유리가 말했다.

"위험하다는 건 알아. 하지만 행성 aabb-998이 폭발하기 전에 다녀올 수 있을 거야. 낫싱 시티에서 가지고 올 물건이 있는데, 귀한 물건이야. 샤샤가 정보를 알려줬어."

"샤샤가 누구야?"

"내 친구야. 우주선에서 통화하고, 방금 공항 앞에서 만나고 왔어. 샤샤 부모님이 플레이아데스 도서관에서 희귀본 취급 부서에서 일해. 낫싱 시티에 우리가 좋아하는 작가 민트의 미발표 소설이 있다는 정보가 도서관에 들어왔는데 그걸 샤샤가 우연히 들었대. 정빈이 네가 가서 책을 가져왔으면 좋겠어. 민트의 미발표 소설을 구해서 북클럽에서 읽고 싶어. 샤샤가 내 생일 선물로 준 정보야. 내가 직접 가서 가져오고 싶지만, 갈 수 없어서 부탁하는 거야."

민트는 뭐고, 미발표 소설은 뭐고, 게다가 생일 선물로 그런 정보를 받는다니 이게 다 무슨 말인가 싶었다. 정빈이 민트가 누구냐고 묻자, 유리가 민트를 모르냐고 되물어서, 정빈은 대답했다.

"나는 플레이아데스 시티 아이가 아니니까 모르지. '민트'가 사람 이름이야?"

"다른 도시에서도 유명한 줄 알았는데… 민트는 필명이야. 우리 비밀 북클럽에서 아주 좋아하는 작가야."

그리고 유리가 비밀 북클럽을 설명했는데, 듣는 정빈 입장에서는 황당해서 웃음이 나올 정도였다.

"플레이아데스에서 가장 책을 좋아하는 아이들만 모인 북클럽이야. 이름이 '비밀 북클럽'인 건 어디서 만나는지 무슨 책을 읽는지 공개하지 않고 비밀리에 모임을 진행하는 북클럽이라서 그래. 귀하고 어려운 책만 읽는 야심으로 가득 찬 아이들만 모여 있어. 플레이아데스 시티의 학생 북클럽 중 최고의 북클럽이야. 그러니까 당연히 최고로 놀라운 책을 읽어야 하거든. 우리에겐 무척 중요한 일이야."

유리의 설명을 듣고, 정빈이 떨떠름한 표정으로 물었다.

"구하기 힘든 책을 구해서 읽고 자랑하는 게 너랑 너의 친구들 취미야?"

"자랑하지 않아. 그냥 소문을 슬쩍 흘려. 그럼 알아서 퍼져. 우리 북클럽이 그 정도야. 그러니까 민트의 알려지지 않은 책도 읽어야 하는 거야. 책을 구해주겠어?"

"당연히 구해야지."

정빈은 스스로 놀랄 정도로 선뜻 대답했다.

이슈마엘호를 타고 낫싱 시티로 가는 동안, 우팔리가 물었다.

"위험한 제안인데 왜 한다고 하셨습니까?"

"모험이잖아."

정빈은 말했다. 어드벤처 시티 출신의 정빈은 당연히 모험을 좋아했다. 위험한 도시에 가서 사람들에게 알려지지 않았던 책을 가져오는 임무라니, 정빈에게는 솔깃한 이야기였다. 꼭 낯선 도시에 보물을 찾으러 가는 느낌이었으니까. 금이 잔뜩 실린 궤짝을 찾아오는 건 아니지만, 그래도 귀한 물건을 찾아온다니 재미있을 것 같았다. 적어도 택배 배송이나 손님을 실어 나르는 일이 아닌 진짜 모험이었다. 게다가 유리가 주겠다고 약속한 액수도 매력적이었다. 손님을 열 번 태워서 받는 돈보다도 더 큰 돈을 유리가 제안한 것이다.

하지만 우팔리가 안 가는 편이 좋겠다고 계속 정빈을 설득했다.

"낫싱 시티에는 아무도 살지 않습니다. 그래서 '낫싱' 시티고요. 오래전에 폐허가 된 위험한 도시입니다. 행성 aabb-998이 곧 폭발할 테니까 더 위험하고요. 다치거나 위험에 빠져도 도와주러 올 사람이 없습니다. 정말 가시겠어요?"

그래도 가겠다고 하자 우팔리는 계속 정빈을 말렸다. 정말 도시를 보고 싶으면, 도시에 들어가지 말고 도시 상공까지만 간 다음 드론을 내려보내라는 말도 했다. 하지만 정빈은 직접 내려가서 모험하고 싶다고 딱 잘라 말했다.

낫싱 시티로 가는 동안, 유리가 전화를 걸어서 계속 정빈과 대화하며 상황이 어떻게 흘러가는지를 캐물었다. 행성 aabb-998의 전파 때문에 간혹 통화가 끊기기도 했는데, 그때마다 다급하게 다시 전화를 걸어와서 제대로 가는지 확인했다. 정빈은 우주선을 우팔리가 알아서 잘 조종하고 있으니 걱정하지 말라고 대답했다.

"낫싱 시티가 뭐 미지의 지역도 아니고 잘 가고 있으니까 걱정하지 마. 민트의 책이나 잘 설명해줘. 얼마나 크고 어떻게 생겼고 표지는 무슨 색인지."

그런데 유리는 정빈이 설명해 달라는 책 모양 설명은 안 하고, 책에 얽힌 사연만 신이 나서 떠들었다.

-민트라는 필명 말고는 남자인지 여자인지 나이도 아무것도 모른다고 알려졌지만, 사실 어떤 작가인지 아는 사람은 다 알아. 할머니 작가야. 원래는 평범한 농부였다가, 여든이 넘었을 때부터 소설을 쓰기 시작했어. 발표한 책은 여섯 편의 단편을 실은 <저녁 이야기>라는 소설집뿐이야. 그 후에도 출간한 작품은 없고, 삼십 년 전에 세상을 떠났어. 하지만

분명히 다른 작품도 썼어. 왜냐하면 <저녁 이야기>의 후기에 여러 단편을 쓰고 있고 <아침 이야기>라는 제목으로 발표하고 싶다고 밝혔거든. 결국 출간은 안 됐지만. 그런데 최근에 <아침 이야기>가 낫싱 시티에 있다는 정보가 도서관에 들어온 거야. 민트가 돌아가시기 전에 낫싱 시티에 살았는데, 여전히 민트의 집이 남아 있고 그 집 어딘가에 <아침 이야기> 책이 있다는 정보가 들어온 거야.

"<아침 이야기>가 낫싱 시티에 있는지는 확실하대? 그냥 소문이 있다는 거야, 아니면 확실히 확인한 거야?"

-민트의 집을 찾아서 그곳으로 드론을 내려보냈던 것 같아. 책이 있는 건 확실해. 가져오진 못했는데 그 이유가 뭔지는 몰라. 찾으면 정말 기쁠 텐데…. 잘 알려지지 않은 작가지만 글은 정말 좋아. 우리 비밀 북클럽에서는 다 좋아해.

"네가 좋아하는 글은 저녁 이야기고, 아침 이야기는 재미없을 수도 있잖아."

-재미있을 거야. 민트는 훌륭한 작가니까.

유리는 완전히 확신하고 있었다.

낫싱 시티는 거대한 유리 돔이 둘러싸고 있는 도시였다. 이제는 아무도 살지 않지만, 도시환경을 관리하는 기계 시스템은 아직 망가지지 않아서 산소와 기온이 사람에게 적합하다고 우팔리가 보고했다. 게이트를 통해 들어가 도시 위를 날아가면서 보니 사람이 들어갈 수 있다는 우팔리의 말이 믿어지지 않을 정도로 입구부터 완전히 폐허였다. 건물은 다 무너지고, 길도 갈라지거나 내려앉아 제대로 남아 있지 않았다. 망가진 자동차가 도로 곳곳에 있었다. 가로수는 모두 말라 죽고 먼지바람이 곳곳에서 거칠게 불어 을씨년스러웠다. 우주의 많은 곳을 가본 정빈조차도 본 적 없는 아수라장이었다.

우팔리가 다행히 아직 지반이 내려앉지 않은 주차장을 찾아 우주선을 착륙시켰다. 우주선에서 내리는 정빈에게 우팔리가 말했다.

"행성 aabb-998이 폭발하면 돔이 무너질지도 모르니 조금이라도 위험하면 바로 알려드리겠습니다. 제가 우주선으로 오라고 하면 바로 오셔야 합니다."

정빈은 스마트 글래스를 끼고 길을 걷기 시작했다. 스마트 글래스를 인터넷과 연결하면 스마트 글래스를 통해 정빈이 보는 광경이나 정빈이 듣는 소리도 우팔리와 유리에게 전송해서 같이 볼 수 있고, 우팔리와 유리가 하는 말도 스마트 글래스 다리에 달린 스피커를 통해 들을 수 있었다. 길에서 하늘을 올려보니 돔 너머의 우주 공간에서 불타고 있는 행성

aabb-998이 그대로 보였다. 행성 aabb-998이 폭발하면 어떻게 될지 걱정이었다. 유리는 그 와중에도 책을 찾으면 정말 좋겠다고 신이 나 있었다.

정빈이 유리에게 말했다.

"모험 중에 무슨 일이 일어날지 몰라. 낫싱 시티처럼 위험한 곳은 더 그렇고. 물론 예상 못 할 일이 일어나는 게 모험의 즐거움이긴 하지만. 생각대로 쉽게 풀리진 않을 거야."

-민트가 사는 집을 찾아서 책을 가지고 그냥 나오면 되는 거야. 무슨 문제가 생기겠어?

"네 생각엔 그럴 것 같지만, 아니라니까."

정빈이 민트의 집을 찾으러 걸어가자, 스마트 글래스를 통해 주변 풍경을 같이 보고 있던 유리가 말했다.

-도시가 정말 다 망가졌구나. 이렇게 망가져서야 어디가 민트의 집인지 감이 잡히지 않는데…. 하지만 찾을 수 있을 거야. 힌트는 민트의 책 <저녁 이야기>에 있어. 저녁 이야기에 실린 단편 중 '망상 기계'라는 단편이 있는데, 주인공이 사는 집 묘사가 있거든. 그 집이 아마 민트의 집을 묘사했다고 사람들이 추측하고 있어. 일단 음식점부터 찾아야 해.

하지만 건물이 다 무너진 상태라 뭐가 음식점인지 구분되지 않았다. 정빈은 길 위아래를 훑어보다가, 벽에 술병 그림이 있는 건물을 발견했다. 다가가니 간판이 땅에 떨어져 있었는데, '한밤의 불지옥'이라는 희한한 이름의 음식점이었다.

유리가 그곳이 책에 나온 음식점일 거라고 말했다.

ー주인공이 밤늦게 음식점에서 밥을 먹다가 우연히 낯선 사람을 만나면서 이야기가 시작해. 낯선 사람은 머리에 쓰면 상상을 현실처럼 느낄 수 있는 기계를 만들었다면서 헬멧 같이 생긴 기계를 보여줘. 그래서 제목이 '망상 기계'거든. 주인공이 음식점에서 나와 집으로 걸어가는 길이 소설에 묘사되어 있는데, 음식점 앞에 갈림길이 있고 그중 가로등이 있는 길로 들어갔다고 나와.

유리의 말처럼 가로등이 있는 길이 보였다. 물론 폐허 도시답게 가로등은 전부 전등이 깨지고 몇몇은 길에 쓰러져있기까지 했다. 길에는 잡다한 쓰레기가 덮여 있고 도로도 다 갈라져 있어서 걸어가기 쉽지 않았다.

유리는 곧 민트의 집이 나올 거라고 말했다.

ー길을 따라가면 집이 나올 거야. 찾기 쉬울걸. 그 주변에는 집이 많지 않다고 되어 있으니까.

"아니 아주 많은데…."

정빈은 대답했다. 길은 번화가였고 건물이 많았다. 유리는 그중 상점이 아닌 가정집을 찾으면 된다고, 특히 좋은 집을 찾으면 된다고 했지만, 건물이 다 망가져서 정빈의 눈에는 다 비슷비슷해 보였다.

유리가 말했다.

―책을 보면 주인공이 가난하고 작은 집에서 산다고 되어 있지만, 가난한 사람의 집은 아닐 거야. 집 묘사를 보면 절대로 가난하지 않아. 집도 크고 방도 많고 책도 많고 물건도 많은 크고 좋은 집이야.

"너는 어떻게 사소한 묘사까지 다 기억해?"

―지금 책을 읽고 있어. 주인공이 집으로 돌아가는데, 곧 누군가 집 주변을 맴돌면서 주인공을 지켜보는 것 같은 느낌을 받아. 그때 집 묘사가 계속 나와. 대문이 있고, 낮은 담장에 정원이 있고, 집 밖에 따로 있는 서재 건물이 있는 집이야.

"집 대문 색깔이라도 말해주면 고맙겠는데."

낡은 건물들이 다 비슷해 보였기 때문이다. 유리가 열심히 책을 뒤지더니 아마도 회색이었던 것 같다고 말했다. 우주선에 있는 우팔리가 행성 aabb-998이 위험하다는 말을 계속했고, 그때마다 정빈은 걱정이 돼서 하늘을 올려다보았다. 유리는 정빈의 마음을 아는지 모르는지 계속 책 이야기만 늘어놓았다. 유리가 말해준 '망상 기계'는 이런 내용이었다.

주인공이 술집에서 술을 마시다가 한 남자를 만났다. 어두운 표정으로 앉아 있던 남자는 술에 잔뜩 취해서는 주인공에게 헬멧처럼 생긴 이상한 기계를 건네며 말을 걸었다. 기계는 남자가 만든 '망상 기계'인데, 헬멧처럼 생긴 그 기계를 머리에 쓰면 눈앞에 원하는 상상이 마치 현실처럼 선명하게 펼쳐지는, 그러니까 꿈을 현실처럼 보여주는 기계였다. 문제는 상상이 너무나 매력적이라 계속 기계를 머리에 쓰고 망상에만 빠지고 싶은 욕구를 떨칠 수가 없었다. 술에 취한 남자는 중독에서 벗어나고 싶다며 주인공에게 기계를 맡기고는 사라졌다.

주인공은 홀로 집으로 돌아왔다. 그리고 며칠이 지나서, 주인공은 집 주변에 이상한 사람이 맴도는 느낌을 받았다. 하지만 주인공은 신경 쓰지 않았다. 일주일 후, 주인공이 술집에 갔더니 망상 기계를 줬던 남자가 나타나 다가왔다. 남자가 고백하기를, 지난 며칠 동안 집 주변을 얼쩡거린 사람이 자기였으며, 망상 기계를 다시 받아내고 싶어서 계속 서성였다고 고백했다. 그리고 주인공은 이미 알고 있었다고 대답했다.

주인공이 망상 기계를 쓰니 처음엔 좋았는데 나중에는 점점 망상과 현실을 구분하지 못하게 됐고, 그래서 기계를 부쉈다고 말했다. 기계가 없어졌다는 말에 남자는 화를 내다가, 나는 차마 부수지 못했는데 당신은 나보다 용기가 있어서 다행이었다고 말하고는 술집을 떠났다.

잠시 후 주인공은 술집을 나와 술집 옆의 좁은 골목으로 들어갔다. 그곳에 망상 기계가 바닥에 버려져 있었다. 일주일 전 주인공이 남자를 만났을 때 술에 취한 남자가 하는 헛소리인 줄 알고 기계를 그냥 길에 버린 것이다. 며칠 동안 길바닥에 있었지만, 아직 망가지진 않은 것 같았다. 주인공은 망상 기계를 발로 밟아 완전히 부순 후 그곳을 떠났다.

설명을 끝낸 유리가 놀랍지 않냐며 정빈에게 말했다.

—반전이 대단하지 않아? 처음 책을 읽고 받은 충격을 잊을 수 없어.

정빈은 뭐가 놀라운 반전이라는 말인지 이해가 가지 않았다. 유리는 책으로 직접 읽으면 재미있다고, 이전엔 읽은 적 없는 신선한 반전이라고 되풀이 말했는데, 정빈은 유리가 하는 말을 흘려들었다. 그리고 갑자기 유리가 소리를 질러서 정빈은 깜짝 놀랐다.

—민트의 집을 찾았어. 네 바로 앞에 있는 집이야! 대문도

있고 돌로 만든 낮은 담도 있고 정원도 있어. 창문 장식도 같아. 집 정원에 있는 작은 건물을 찾아, 그게 서재일 거야.

집으로 들어가서 주변을 돌아보았다. 아마도 정원이 무척 예뻤을 텐데 지금은 꽃도 다 죽고 작은 연못의 물도 다 말라 있었다. 집으로 들어갔더니 천장이 무너져서 하늘이 보였고, 그곳에서 이글거리는 행성 aabb-998이 보였다. 집을 가로질러 뒷문으로 나갔더니 작은 정원과 따로 떨어진 건물이 있었다. 유리가 말했다.

-거기야! 우리가 찾던 서재! 내가 상상한 대로야. 직접 보고 싶다. 나도 갈 걸 그랬어.

"지금 하늘에서 불타는 행성 aabb-998을 보면 마음이 싹 달아날걸."

정빈은 대답하고, 작은 건물 안으로 들어갔다. 작지만 멋진 서재였다. 벽을 둘러서 책장이 놓여있는데 안에는 책이 가득하고 한쪽에는 멋진 테이블과 의자가 있었다. 이제 '아침 이야기'가 어디 있는지 찾을 차례였다. 누군가 정원에서 낙엽을 밟고 걸어가는 것 같은 소리가 들려서, 정빈이 얼른 창밖을 내다봤지만 아무도 없었다. 바람이 부는 소리였을까?

정빈은 안심이 되지 않아 우팔리에게 말했다.

"이 근방에 위험한 게 없는지 스캔해줘."

-통신이 불안정해서 쉽지는 않지만 하겠습니다. 행성 aab b-998이 곧 폭발할지 모르니 서두르세요.

정빈은 중얼거렸다.

"책이 수천 권은 되는데 <아침 이야기>를 어떻게 찾지?"

정빈은 우팔리에게 서재의 책을 스캔해 아침 이야기 같아 보이는 책이 있으면 알려달라고 말했다. 그리고 서재를 여기 저기 뒤졌지만, 책은 여전히 보이지 않았다. 계속 서재를 뒤지다가, 정빈은 이상한 기분이 들었다. 처음에는 눈치채지 못하다가 서재를 한 바퀴 돌아본 후에 깨달았는데, 누군가 서재를 깨끗이 치워온 것 같았다.

"창문도 깨지지 않고, 바닥에 흙먼지도 없고, 책도 가지런히 꽂혀있어. 여기는 분명히 누가 관리하고 있어."

유리가 되물었다.

-그럴 리가. 낫싱 시티에는 아무도 없잖아. 혹시 누가 먼저 와서 책을 찾아갔을까?

정빈 생각에는 책을 찾으러 와서는 굳이 서재를 정리하고 가진 않았을 것 같았다. 더 어지럽히고 갔다면 모를까. 그렇다면 누군가 서재를 최근까지 관리했다는 뜻인데, 사람이 아무도 없는 낫싱 시티에 누가 있을까?

유리가 저녁 이야기에 실린 단편 중에 책이 어딨는지 힌트가 될만한 단편이 있을지 모르니 새로운 단편도 읽어주겠다고 말했다. 정빈은 서재를 보면서도 동시에 이야기를 들었다. 두 번째 이야기의 제목은 '보물찾기'였다.

장난치기 좋아하는 부자가 사람들에게 보물찾기 게임을 제안했다. 자신이 큰돈을 숨겨놨다며 몇 가지 힌트를 줄 테니 한번 찾아보라는 것이었다. 사람들이 재밌겠다면서 보물찾기에 나섰다. 게임 당일 모인 사람들에게 부자가 힌트를 말해 줬고, 사람들은 보물찾기를 시작했다. 이야기의 주인공은 두 명의 어린아이였다. 똑똑한 아이들은 어른들을 제치고 일찍 보물이 묻힌 장소에 도착했다. 그곳은 사람들이 출발한 장소, 그러니까 부자가 사람들을 모아놓고 힌트를 말했던 바로 그 장소였다. 하지만 누군가 이미 땅에 구덩이를 파고 보물을 가져간 다음이었다. 실망한 아이들은 구덩이를 내려다보며 한숨을 쉬었다. 그때 부자가 나타나 아이들에게 구덩이를 자세히 보라고 말했다. 그래서 아이들은 구덩이 밑을 더 깊이 팠는데, 그 밑에 작은 보물이 있었다. 부자는 1등이 아니라 2등에게도 선물을 주고 싶었던 것이다. 큰 보물은 아니고 예쁜 금화가 몇 개 있을 뿐이었지만 아이들은 기뻐했다. 신이 나서 금화로 평소 먹고 싶었던 딸기 케이크와 레모네이드를 사 마시고 집으로 돌아갔다.

유리가 재밌지 않냐고 말했지만, 정빈은 여전히 별로 감흥
이 없었다. 큰 보물을 못 찾고, 용돈을 찾아서 케이크를 먹었
다는 이야기가 뭐가 놀랍다는 건지. 하지만 한가지는 머리에
들어왔다. 보물이 있는 장소가 출발한 장소라는 점이었다. 아
침 이야기를 찾을 힌트가 되지 않을까? 정빈은 우팔리에게
말했다.

"우팔리, 서재 책 중에 <저녁 이야기>를 찾아줘."

책을 스캔하고 있던 우팔리는 책장에서 제일 잘 보이는 곳
에, 책장 가운데 사람 시선 높이 칸에 있다고 말했다. 우팔리
가 말한 곳에 정말 '저녁 이야기'가 있었고, 정빈은 저녁 이
야기 옆에 꽂힌 책을 꺼내 훑어보았다. 허름한 표지에는 제
목도 그림도 없는 책이었다. 책을 펼치자 첫 페이지에 '아침
이야기'라고 제목이 씌어있었다.

"찾았다!"

출발한 장소에 보물이 있다는 내용이 뜻밖에 정빈에게 큰
힌트가 되었다. 아침 이야기가 저녁 이야기의 속편이니까 당
연히 민트 작가도 두 책을 나란히 둔 것이다. 유리도 정빈도
신이 나서 소리를 질렀고, 책을 들고 돌아가면 된다는 사실

에 기뻐서 들떠 있을 때였다. 우팔리가 다급히 말했다.

"선장님, 등 뒤에 로봇이 있습니다."

뒤를 돌아본 순간 환호성이 비명으로 변했다. 덩치 큰 커다란 로봇이 무서운 표정으로 정빈을 노려보고 있었다. 로봇을 피해 달리면서 정빈은 비명을 질렀고, 비명을 들은 유리도 놀라서 같이 소리를 질렀다. 우팔리가 진정하라고 외쳐도 정빈과 유리 둘 다 듣지 않았다. 정빈은 그대로 집에서 나와 길을 내려갔고 다행히 로봇보다 달리기가 빨라서 우주선에 먼저 도착했다. 순식간에 우주선 안으로 들어가 출구를 닫았다. 창으로 밖을 보니 로봇이 우주선을 향해 달려오고 있었다.

정빈은 우팔리에게 명령했다.

"어서 출발해!"

"안 돼요, 행성 aabb-998이 폭발을 시작했습니다."

우팔리가 슬픈 목소리로 말했다. 정빈이 우주선 창문을 통해 위를 올려다보자 행성 aabb-998이 내뿜던 빛이 점점 커지고 있었다. 행성 aabb-998에서 강력한 전파가 터져 나오기 시작하면서 유리와의 통화도 끊겼다.

우주선 앞에 도착한 로봇이 소리쳤다.

"이 좀도둑아!"

"내가 왜 도둑이야?"

정빈이 맞받아치자 로봇이 더 화를 냈다.

"남의 책을 훔쳐 갔으니 도둑이지!"

"아침 이야기가 네 책이라고?"

"그래 이 좀도둑아!"

로봇의 호통을 듣고 나니 정빈도 정신이 들었다. 곰곰이 생각하니 정말 정빈이 도둑이었다. 아무도 없는 집인 줄 알았지만, 사는 사람이 있다면 달랐다. 책의 주인이 살고 있으니 분명 정빈은 보물을 찾는 모험가가 아니라 남의 물건을 훔친 도둑이었다. 물론 아침 이야기가 정말 로봇의 책인지 확인은 해야 하지만 말이다.

정빈은 우주선 밖으로 나가서 로봇에게 물었다.

"너는 누군데 책을 달라는 거야?"

"집주인이다."

로봇이 화난 목소리로 소리쳤다. 큰 덩치에, 얼굴은 사람처럼 생겼고 인공 피부로 덮여 있지만 목 밑의 몸은 매끈한 흰색 금속인 로봇이었다. 우팔리가 오래전에 만들어진 집사 로봇이라고 설명했다. 집안일도 하고 인간의 비서 일도 하고 말벗도 해주는 다양한 용도의 로봇이었다. 하지만 집사처럼 말쑥한 정장을 입고 있진 않고 낡은 검은색 셔츠와 회색 바지를 입고 있었다.

정빈은 말했다.

"로봇 네가 여기 있다고 해서 여기 물건이 다 네 물건은 아니야. 민트 작가가 집사 로봇을 뒀다는 말은 들은 적 없어."

로봇이 깜짝 놀라더니 되물었다.

"민트 여사님의 집인 건 어떻게 알지? 얼마 전에 왔던 그 드론을 보낸 사람이 너였냐? 민트 여사님의 책을 찾으러 온 거야?"

플레이아데스 도서관에서 정말 드론을 보내 책을 찾은 모양이었다. 찾긴 했지만 가져오지 못했던 건 바로 이 집사 로봇 때문이었을까? 유리에게 물어보고 싶었는데 연락이 되질 않으니 답답했다. 로봇과 우팔리는 온라인으로 접속해 서로의 정보를 확인했고, 우팔리가 정빈에게 설명했다.

－로봇의 이름은 마르커스입니다. 민트님의 집에서 거주한 가사도우미 로봇으로 등록되어 있습니다. 민트님은 이십 년 전에 사망했다고 나와 있고, 가족들은 낫싱 시티를 떠난 지 오래됐고 마르커스 혼자 남아서 집을 관리하고 있습니다. 그러니 마르커스가 집주인 맞습니다. 책도 마르커스의 소유니까 돌려줘야 합니다.

정빈은 한숨을 쉬며 말했다.

"책을 가져가야 유리한테 돈을 받을 텐데…."

ㅡ마르커스가 선장님을 도둑으로 신고하면 대부분 도시에서 이슈마엘 호의 출입이 거부됩니다. 당연히 사설 우주선 일도 못 하고요.

"그건 나도 잘 알아."

책을 돌려주는 방법밖에 없었다. 시무룩해진 정빈이 책을 넘겨주자, 마르커스는 책을 받고 별말 없이 몸을 돌려 걸어가 버렸다. 정빈은 하늘을 올려다보았다. 돔 너머에는 행성 aabb-998에서 흘러나온 빛이 여전히 일렁이고 있었다. 우주선도 뜨지 못하고 유리와 전화도 연결되지 않았다.

책을 가져가야 돈을 받을 텐데, 같은 생각만 반복하던 정빈은 우팔리에게 말했다.

"이봐 우팔리, 잠시 마르커스 집에 들렀다 올게."

어차피 우주선이 뜰 때까지 기다려야 하니, 그동안 책을 가져갈 방법을 계속 찾아보자고 마음먹었다. 우팔리는 앞으로 더 큰 에너지 충격파가 오면 돔이 무너질지도 모른다고, 문제 생기면 바로 돌아오라고 말했다. 정빈은 듣는 둥 마는 둥 하고 마르커스를 따라가 물었다.

"마르커스, 네 집에 잠시 들러도 돼? 어차피 충격파가 지나가고 우주선이 이륙하려면 기다려야 할 것 같으니까, 집에 가서 책 구경해도 될까?"

"마음대로."

안 된다고 할 줄 알았는데 마르크스가 선뜻 승낙해서 정빈은 얼른 뒤를 따랐다.

주인이 있는 집인지도 모르고 몰래 들어갔던 아까와는 다르게, 이번에는 정식으로 초대받아 민트 여사의 서재로 들어갔다. 마르커스가 테이블과 의자를 방 가운데로 끌어다 놓더니 자리를 권했다. 그리고 잠시 후 홍차까지 내와서 정빈은 당황했다. 다 무너진 집이었던 서재가 갑자기 그럴듯한 응접실이 되었다. 티는 어디서 났는지 모를 일이었다. 아니, 집에 물이 나오는 것부터가 신기했다.

책을 훔쳐서 미안하다고 사과하자 마르커스는 괜찮다고 했다.

"몰라서 그랬으니 이해한다."

"로봇이 남아서 집을 계속 관리하는 줄은 몰랐어."

"집뿐 아니라 도시를 다 관리하고 있어. 돔이 무너지지 않은 것도 내가 관리해서야."

"왜 아무도 없는 도시를 지키고 있어?"

"여기가 내 집이니까. 민트 여사님이 나에게 집을 남겼어.

계속 지키고 있으면 좋겠다고 했지. 가족들이 돌아올지도 모른다면서 말이야. 물론 보다시피 아무도 오지 않았지만. 그래도 마음에 들어. 조용하고 귀찮게 하는 사람도 없고. 활동이 정지할 때까지는 있고 싶어. 그러는 너는 중학생이 왜 이런 도시에 있는 거야?"

화물이나 사람을 운반하는 소형 사설 우주선의 선장이라고 설명했더니 마르커스가 놀라서 말했다.

"중학생 선장이라니 정말 의외군."

정빈이 어드벤처 시티의 문화를 설명하자 마르커스는 고개를 끄덕이며 잠자코 들었다. 그리고 왜 책을 훔쳤고, 유리가 얼마나 민트의 책을 좋아하는지, 그리고 북클럽에 대해서도 말했다. 하지만 마르커스는 북클럽에 대해선 시큰둥한 반응을 보였다.

"민트 여사님을 기억하는 사람이 있는 줄은 몰랐어. 하지만 책은 내 재산이고, 함부로 줄 수 없어. 탐내는 사람이 많다면 더 그렇고."

"빌려주는 건 어때?"

어쨌든 책을 가져가야 돈을 받을 수 있다는 생각에 정빈은 마르커스에게 되물었다. 주는 게 싫다면 빌려주는 건 괜찮냐고 했더니, 마르커스가 코웃음을 치더니 말했다.

"내가 바보로 보여? 책을 가지고 가서 안 돌려줄지 어떻게 알아? 함부로 줄 수 없잖아. 유린지 뭔지 하는 아이에게는 그냥 도시를 왔다 갔다 한 수고비나 받아."

마르커스의 말이 옳았다. 정빈이 책을 못 가져가더라도 아무튼 유리를 플레이아데스 시티까지 태워줬으니 요금을 주긴 할 것이다. 하지만 돈이 문제가 아니라 책을 무척 기대하고 있을 유리에게 미안했다. 보물을 찾으러 왔는데 발견했지만, 막상 가져가지 못해서 아쉽기도 했다.

마르커스가 말했다.

"너는 책에 관심도 없잖아. 유리에게 직접 오라고 해. 찾아오면 말해보고 빌려달라고 정중하게 요청하면, 그리고 테스트를 통과하면 빌려줄 수도 있지."

하지만 정빈의 귀에는 다른 건 들리지 않고, 테스트라는 말만 들렸다. 통과하면 빌려줄 수도 있다니!

"무슨 테스트? 맞추면 빌려줄 거야? 유리 말고 내가 직접 맞추면 안 돼?"

"정말로 민트 여사님의 책을 좋아하는지 테스트하겠지만 너는 책을 안 읽었으니 못 맞춰."

"무시하지 마. 저녁 이야기에는 여섯 편의 단편이 있잖아. 그중 '망상 기계'하고 '보물찾기'의 내용은 알아."

"그럼 다른 단편 '끝없는 강'으로 문제를 낼게. 주인공은
어떻게 강을 건넜을까? 그걸 맞춰봐."

책을 읽지 않으면 모르는 문제였다. 신경질을 내는 정빈에
게 마르커스가 웃으며 말했다.

"그러니까 <아침 이야기>를 못 빌려준다는 거야."

"하지만 문제를 맞히려면 책을 읽어야 하잖아. 책 읽기 귀
찮은데…."

<저녁 이야기>를 읽고 문제를 맞힌다면 <아침 이야기>
를 빌릴 수 있다. 그러면 유리에게 돈을 더 받을 수 있을 것
이다. 유리도 북클럽 아이들과 함께 좋아할 거고 말이다.
<저녁 이야기>는 얇은 책이었다. 얇은 책에 실린 짧은 이야
기니까 읽으려고만 하면 '끝없는 강'도 금방 읽을 터였다. 귀
찮지만 다른 방법이 없었다.

정빈은 말했다.

"<저녁 이야기>를 읽어서 문제를 맞히면 <아침 이야기>
를 빌려줄 거지?"

"물론이지. 티를 더 줄까?"

"응."

정빈은 마르커스가 따라 주는 티를 마시면서 <저녁 이야
기>에 실린 단편 '끝없는 강'을 읽었다.

주인공은 낯선 나라를 여행 중이었다. 길을 걷다가 거대한 강과 마주쳤는데, 아무리 찾아도 다리가 없고 강을 건너는 배도 보이지 않았다. 넓고 물살이 거친 강이어서 헤엄쳐서 건널 수도 없었다. 주인공은 건널 방법을 찾아 계속 강 주변을 걷다가, 팔도 하나고 다리도 하나인 남자를 만났다. 주인공은 남자에게 강을 건널 다리나 배가 있냐고 묻자, 남자는 없다고 대답했다. 주인공은 포기하고 남자와 헤어져 강을 등지고 걷기 시작했다. 그러다 문득 남자의 옷이 물에 젖어 있다는 사실을 깨달았다. 주인공은 생각에 잠겼다. 남자는 강 주변에서 뭘 하고 있었을까? 혹시 남자가 강을 건너왔기 때문에 물에 젖지 않았을까? 주인공은 걸음을 서둘러 돌아갔고, 남자와 다시 만났다. 주인공은 그에게 강 건너까지 데려다 줄 수 있냐고 물었다. 남자는 주인공을 업고 한 개의 팔과 한 개의 다리로도 거뜬히 강을 헤엄쳐서 건넜다. 팔다리가 한 개씩 없으니 강을 헤엄칠 수 없다는 편견은 주인공의 착각이었다.

이야기를 다 읽은 정빈은 답을 맞혔고, 마르커스가 물었다.

"어때, 재미있었어?"

"재밌긴 한데, 이상했어. 남자 말이야, 팔이랑 다리가 한 개씩 없으면 왜 로봇 팔과 다리를 붙이지 않았어?"

"그거야 그 남자 마음이지."

마르커스는 설명했다.

"'끝없는 강'은 민트 여사님이 처음 쓴 단편이야. 그 이야기를 썼을 때, 나와 민트 여사님은 지금 우리처럼 같이 티를 마시고 있었지. 여사님이 지난 밤에 꿈을 꿨다고 했어."

민트 여사가 꾼 꿈을 듣고, 마르커스가 이야기로 쓰면 재밌겠다고 제안했다. 그래서 꿈을 소설로 썼고 그게 첫 이야기 '끝없는 강'이 됐다고 했다. 이후로 민트 여사님이 꾼 꿈을 가지고 몇 편의 이야기를 더 썼고, 출판사를 통해서 책으로 출간할 수 있었다. 하지만 딱히 많이 팔리지 않았다. 두 번째 책도 썼지만 출간하려는 출판사가 없어서, 그냥 업체에 부탁해 책처럼 제본만 했다고 했다.

"출간은 못 했지만 쓰는 동안엔 재미있었어. 여사님과 재미있는 이야기도 하고, 가족들이 찾아오면 읽어주고, 책이 나왔을 때는 나도 여사님도 무척 기뻤어. 하지만 두 번째 책 <아침 이야기>를 끝냈을 때쯤 여사님의 건강이 나빠지기 시작했지. 그래서 더는 쓰지 못했어. 여사님이 돌아가신 다음에는 나 혼자 글을 썼어."

마르커스의 말을 듣고 정빈은 호기심이 생겼다.

"네 글도 책으로 나왔어?"

"아니."

"왜?"

마르커스는 로봇이 쓴 이야기는 아무도 읽지 않는다고 대답했는데, 그건 정빈이 아는 사실과는 달랐다.

"로봇 작가도 많잖아. 로봇이 쓴 소설을 들은 적 있어."

"인간 작가도 모르는 네가 로봇 작가를 어떻게 알아?"

"아니야, 알아. 책은 안 읽었지만, 소설을 영화로 만든 건 봤어."

유명한 로봇 작가가 쓴 소설이 인간들에게도 인기를 끌어서 드라마와 영화로도 만들어지는 일이 간혹 있었다. 그 영화를 정빈도 본 것이다. 마르커스가 말했다.

"출판사는 로봇 작가가 인간을 위해 쓴 소설엔 별로 관심이 없어. 로봇은 주로 로봇이 읽는 글을 쓰지. 로봇 작가들이 인간을 위해 글을 쓰지 않고, 인간들도 로봇 작가의 글은 잘 읽지 않아."

"마르커스, 네 소설은 무슨 내용이야?"

"해적 소설이야. 트리스탄이라는 우주 해적이 해적선을 타고 우주를 돌아다니며 모험을 하지."

마르커스가 <저녁 이야기>와 <아침 이야기> 옆에 꽂힌 책 <트리스탄>을 가리켰다. 꽤 두꺼운 분량의 책이 여러 권 죽 꽂혀있는데, 제목이 적혀 있지 않았고 표지도 밋밋한 디자인으로 제본만 한 상태였다. 하지만 모험하는 이야기를 좋아하는 정빈은 호기심이 생겼다. 읽어도 되냐고 물었더니 마르커스가 안 된다고 딱 잘라서 대답했다.

"마음에 안 들어서 남에게 보여주고 싶지 않아."

"내 마음에는 들 수도 있잖아."

정빈이 말하자, 마르커스는 싫다고 거듭 대답했다. 정빈은 얼른 제안했다.

"읽고 나서 솔직하게 감상을 말해줄게. 나는 어드벤처 시티 출신이고 모험에 대해선 잘 안다고. 우주 해적도 잘 알아. 사실 해적을 직접 마주친 적은 없고 들은 소문뿐이지만, 다른 사람보다는 많이 알아. 감상을 말해주는 대가로 <트리스탄>도 빌려줘. 유리도 읽고 싶어 할 거야. 북클럽이니까 무슨 책이든 새 책을 가져가면 좋아할걸."

"아까 말했잖아. 사람들은 로봇이 쓴 글은 읽지 않을걸. 특히 플레이아데스 시티 사람이라면 더 그렇고. 게다가 너한테서 솔직한 감상을 들을 수 있을까? <트리스탄>을 빌려 가려고 <트리스탄>이 재미있다고 거짓말할 수도 있지."

"일단 나한테만이라도 보여줘. 믿어봐. 마르커스, 너 케이크 좋아해?"

"로봇은 음식을 먹지 않아."

"먹지 않지만, 음식 맛은 알잖아. 인간에게 요리해주려면 맛은 알아야 하니까. 마지막으로 케이크 먹은 게 언제야?"

"아마도… 33년쯤 전에 먹었고… 그전에는….."

"맛있는 생일 케이크를 가져올 테니까 조금만 기다려."

정빈은 말했다.

정빈이 이슈마엘에서 가져온 케이크와 과자를 놓고 티를 마시며 책을 읽었다. 마르커스가 정말 오랜만에 케이크를 먹는다고 말했다.

"정작 생일인 사람은 없는 것도 웃기군."

마르커스는 말했다. 정빈은 유리와 같이 우주선을 타고 오는 동안 있었던 일도 말했다. 유리는 특이한 아이라고, 책을 정말 좋아해서 생일 파티에서도 책을 읽는다고 하자 마르커스는 뭐가 놀랍냐고 했다.

"중학교 여자아이가 우주선 몰고 다니는 것보단 덜 놀라운데."

소설 <트리스탄>은 덩치 크고 몸싸움도 잘하고 총도 잘쏘는 젊은 해적 트리스탄이 우주를 돌아다니며 벌이는 모험을 코믹하게 쓴 소설이었다. 정빈이 소설이 재미있고 다 좋은데 우주선 묘사가 사실적이지 않아서 아쉽다고 하자, 마르커스가 신경질적으로 대답했다.

"우주선에 대해서는 잘 알아."

"트리스탄이 군용 우주선을 개조해서 타잖아. 이건 엉터리야. 아무도 군용 우주선을 사지 않아. 불편하거든. 해적이라고 해도 타지 않아."

마르커스가 어이없다는 표정으로 되물었다.

"네 우주선 이슈마엘호가 군용 우주선 아니야?"

"내 말이 그 말이야. 아무도 사지 않으니까 중학교 2학년이 살 수 있는 거야. 이 소설에는 우주선에 대한 정보가 나열되어있긴 한데…. 뭐랄까…. 우주선의 구조는 잘 알지만, 우주선을 타는 사람들이 어떻게 생각하는지는 몰라."

정빈이 계속 설명하자, 처음엔 시큰둥해하던 마르커스도 경청하기 시작했다. 정빈이 우주선을 관리하면서 겪는 일을 특히 재미있어했다. 정빈은 엔진을 청소하면 연료 냄새가 옷에 밴다는 이야기나, 전 선장이 남긴 이상한 물건들 때문에 골치 아픈 일 등을 털어놓았다.

"우주선을 살 때 전 주인이 이상한 물건을 남기지 않았는지 잘 알아보고 사야 해. 창고에 쓰레기가 가득하면 그거 버리는 데 돈이 많이 들어. 이슈마엘호에도 메인 데이터베이스에 전 선장들이 남긴 항해 일지도 그대로 있어. 우주선 권리를 양도하기 전에 반드시 항해 일지를 지워야 하는데 제대로 하는 선장이 거의 없어."

정빈의 말에 마르커스가 호기심이 섞인 표정으로 바뀌어서, 정빈은 슬쩍 떠보았다.

"항해 일지 들어보고 싶지 않아? 글 쓸 때 좋은 참고 자료가 될 텐데."

하지만 마르커스는 다시 무표정한 얼굴로 돌아가서는 다른 할 일이 많다고 했다. 집도 고치고 도시도 고쳐야 한다는 거였다. 다 망가진 도시를 왜 고친다는 건지 이해가 가지 않았는데, 꾸준히 수리하면 새롭게 되살릴 수 있을 거라고 마르커스가 대답했지만, 본인도 전혀 자신 없는 눈치였다. 정빈 생각에도 하루 이틀도 아니고 몇십 년을 망가져 있던 도시를 로봇 하나가 고친다고 달라질 것 같지 않았다. 게다가 행성 aabb-998이 곧 폭발할 예정이니 더 그랬다.

마르커스가 한숨을 쉬었다.

"민트 여사님과 가족이 다 같이 살 때는 좋았어. 나이 들면서 하나둘 떠나고 여사님만 남았지. 그래도 여사님과 함께 글을 쓰면서 즐거웠어. 이제 혼자 살고 있지만 집을 떠나고 싶지 않아. 추억이 깃든 집이고, 어쨌든 내 집이니까. 내 몸이 기능 정지할 때까지 이곳에 있고 싶어."

–선장님.

우팔리가 정빈을 불렀다. 행성 aabb-998의 폭발이 더 거세지고 있으니 집에서 나와 우주선으로 돌아오라고 했다. 아직은 유리돔이 버티고 있지만 우주선 안에 있는 편이 더 안전하다는 것이었다. 어쩔 수 없이 정빈은 이만 가보겠다고 말했다. 마르커스는 약속대로 <아침 이야기>를 빌려주겠다고 해서, 정빈은 말했다.

"<트리스탄>도 빌려줘."

"그건 뭐 하려고?"

"유리에게 빌려주려고."

마르커스는 독서토론 모임 아이들이 절대로 읽지 않을 거라고 했지만, 정빈은 유리가 분명히 읽고 감상을 말해줄 거라고 확신했다. 마르커스는 더 말하지 않고 고개만 끄덕였다.

정빈은 우주선에 돌아왔다. 우주선을 띄울 정도가 되려면 몇 시간 기다려야 한다고 우팔리가 말해서, 멍하니 조종석에 앉아 <아침 이야기>와 <트리스탄>을 내려다보았다. 원하던 책을 구했는데도 기분이 이상했다. 뭔가 놓친 느낌이 들어서였다. 뭘 놓쳤을까?

책 두 권을 번갈아 읽으면서 기다리고 있을 때였다. 유리에게 화상 전화가 걸려 왔다. 잠시 행성 aabb-998의 폭발이 약해지면서 전화가 연결된 것이다. 모니터로 보이는 유리 주변에는 유리의 친구이자 북클럽 회원 아이들이 생일 파티를 벌이고 있었다.

유리는 연락이 되지 않아 답답했다고 말했다.

—궁금하고 초조해서 숨넘어가는 줄 알았어.

생일 파티가 더 중요하지 않냐고 정빈이 되물었더니 유리의 대답이 걸작이었다.

—생일 파티야 알 게 뭐야. 생일은 해마다 있지만 책은 아무 때나 못 구하잖아.

정빈이 그동안 마르커스를 만나고 책을 빌린 일을 설명했더니 예상대로 유리는 무척 기뻐했다.

—그렇게 무리하지 않았어도 돈은 줬을 텐데, 그냥 오지 그랬어.

라고는 하지만 모니터 속의 유리는 정말 좋아하는 표정이었다. 정빈도 고생했으니 그만큼 돈이나 제대로 챙겨달라고 적당히 허세를 부려서 말했다. 책을 읽을 생각에 기뻤는지, 유리가 신이 나서 말했다.

—마르커스도 만나고 싶어. 플레이아데스 시티로는 안 올

까? 통화라도 하면 좋을 것 같아. 민트님이 어떻게 글을 썼는지 바로 옆에서 지켜봤다니, 독서클럽에도 손님으로 초대하면 아이들이 좋아할걸. 다른 독서클럽 아이들이 질투가 나서 부들부들 떨 거야.

"안 그래도 물어볼 게 있어. 우팔리가 <아침 이야기>와 <트리스탄>을 스캔했는데, 책을 읽어볼래?

—마르커스가 쓴 책은 별로 관심 없는데.

정말 마르커스의 말대로 유리가 관심을 보이지 않았다. 로봇이 썼고 출간된 책도 아니니까 별로 내키지 않는다고 유리가 대답해서 정빈은 놀랐다.

—세상에는 정말 많은 책이 있는데, 좋지 않은 이야기를 읽을 시간은 없어. 특히 북클럽은 여러 명이 모여서 읽는데 별로인 책으로 시간을 낭비하긴 싫어. 되도록 검증된 책이 낫지.

"조금만이라도 읽어볼래? 이상한 느낌이 들어서 그래. 내 느낌이 맞는지 확인해줬으면 해서."

유리와 파티에 참석한 북클럽 아이들이 <아침 이야기>와 <트리스탄>을 읽었다. 그리고 정빈과 꽤 긴 시간 동안 토론했다. 행성 aabb-998의 폭발 때문에 우주선은 뜨지 못했기 때문에 어차피 시간은 많았다. 유리도 다른 아이들도 정빈의 느낌대로 이상한 구석이 많다고 했다. 유리의 확인을 받고,

정빈은 결심했다.

"마르커스에게 직접 물어보고 확인해야겠다."

다시 밖으로 나가겠다는 정빈을 우팔리가 계속 말렸지만, 정빈은 자신의 추측이 맞는지 확인하고 싶으니 조금만 시간을 달라고 말했다. 우팔리는 체념한 목소리로 말했다.

"위험하니 너무 오래 지체하시면 안 됩니다."

정빈이 집으로 찾아갔지만, 마르커스가 집에 없어서 우팔리가 도시를 힘들게 스캔한 끝에 마르커스가 있는 장소를 찾아냈다. 도시 한쪽에 있는 공동묘지였다. 마르커스가 공동묘지 한쪽에서 커다란 냉장고처럼 생긴 기계를 붙잡고 끙끙대고 있었다.

"뭐해?"

정빈이 묻자 마르커스가 퉁명스럽게 대답했다.

"너야말로 집에 안 가고 뭐 하냐?"

"나는 우주선이 내 집이야."

마르커스는 코웃음을 치더니 말했다.

"에너지 장벽을 설치하고 있었어. 돔이 무너져도 묘지가 망가지지 않도록. 민트님의 묘지를 지켜야 하니까."

냉장고처럼 생긴 기계가 에너지 장벽 발생장치였다. 정빈이 물어볼 게 있어서 왔다고 해도 그러라고 시큰둥하게 대답할 뿐 마르커스는 에너지 장치만 신경 쓰고 정빈을 돌아보지도 않았다.

정빈은 말했다.

"<저녁 이야기>와 <아침 이야기> 말이야, 마르커스 네가 썼지?"

마르커스가 돌아보지도 않았지만, 정빈은 계속 캐물었다.

"분명 <저녁 이야기> 후기를 보면, 작가가 필명을 사용했다고 나오거든. 하지만 민트는 민트 여사님의 본명이지 필명이 아니잖아. 민트가 필명이 되려면 다른 사람이 썼다는 말 아니야? '끝없는 강' 내용을 다시 떠올리고 생각했어. 주인공은 팔다리가 하나밖에 없는 사람이 강을 헤엄쳐 건넌다는 생각을 못 하잖아. 내가 같은 실수를 했나 싶어서. 이야기를 쓴 건 민트 여사님이 아니라, 마르커스 네가 '민트'라는 필명으로 쓴 게 아닐까 싶어서."

마르커스는 여전히 돌아보지 않고 대답했다.

"로봇은 꿈을 꾸지 않아."

"그래. 로봇은 꿈을 꾸지 않지. 꿈을 꾼 건 민트님이지만, 글을 쓴 건 너라고 가정하면? 어느 날 민트님이 꿈 이야기를 했고, 네가 그걸 소설로 썼을 거야. 민트님이 기뻐했겠지. 그래서 꿈을 들을 때마다 이야기로 썼고. 그걸 출판사에 보내서 출간했지만, 필명으로 민트 여사님의 이름을 썼어. 그렇지?"

"그럴듯하네."

"결정적으로, 너는 나랑 아까 서재에서 대화할 때 간혹 <저녁 이야기>와 <아침 이야기>를 네가 쓴 글인 것처럼 말했어."

마르커스가 정빈을 향해 돌아보았는데, 표정이 굳어 있었다.

"그런 말 한 적 없어."

"했어. 우팔리도 같이 우리의 대화를 들어서 기록이 남아 있거든. 기록을 다시 확인했어. 아침 이야기를 설명할 때 '출간은 못 했지만 쓰면서 즐거웠다'라고 말했어. 그때는 눈치채지 못했지만, 다시 확인하니까 꼭 네가 글을 썼다는 말처럼 들려. 그리고 유리와 북클럽 친구들에게도 물어봤는데, 소설은 문장을 보면 누가 썼는지 짐작할 수 있대. 아이들 모두 <저녁 이야기>와 <아침 이야기> 그리고 <트리스탄>을 쓴 작가는 같은 사람이 분명하다고 말했어."

마르커스가 기계를 다 설치하자 묘지 위로 에너지가 퍼지면서 보호 장막을 만들었다. 다시 기계를 확인한 다음 정빈에게 말했다.

"맞아. 민트 여사님의 꿈을 듣고 <저녁 이야기>와 <아침 이야기>도 썼는데 민트 여사님이 돌아가셔서 출간은 포기했어. 혼자서 <트리스탄>도 썼지만, 재미가 없었어. 그래서 뭐 어쨌다는 거야? 또 같이 가자는 말을 하려고? 집을 떠나고 싶지 않으니까 돌아가."

"아니 떠나자는 건 아니야. 오히려 민트 여사님의 집으로 놀러 오고 싶다는 사람이 있어서."

스마트 글래스를 만져서 홀로그램 기능을 켰다. 묘지에 유리와 생일 파티에 참여한 아이들의 모습이 스마트 글래스가 만들어낸 홀로그램으로 나타났다. 정빈은 멀리 떨어져 있는 가족들과 홀로그램 통화를 할 때가 많아서, 스마트 글래스도 홀로그램 통화가 가능한 좋은 장비를 쓰고 있었다. 쓸쓸한 묘지에 뜬금없이 스무 명이 넘는 아이들의 홀로그램이 나타나서 마르커스에게 반갑다고 말하자, 마르커스가 어리둥절하면서 대답했다.

"다들 누구야?"

정빈 대신 유리가 먼저 대답했다.

"안녕 마르커스? 우리는 작가 민트의 팬이야. 정빈에게 이야기 많이 들었어. 민트 여사님의 집을 구경해도 될까? 서재도 보고 싶어. 그리고 글 쓸 때 어땠는지도 듣고 싶어. '망상하는 기계'의 반전을 어떻게 생각해냈는지, '보물찾기'의 부자 캐릭터는 어떻게 생각해냈는지 듣고 싶어. 집에 초대해 줄래?"

정빈은 스마트 안경을 마르커스에게 빌려주고 우주선으로 돌아왔다. 정빈도 마르커스와 유리의 홀로그램과 같이 민트 여사님의 집으로 가고 싶었지만, 돔이 무너질까 봐 걱정한 우팔리가 그녀를 말린 것이다. 그래서 민트 여사님의 집으로 가지 않고 안경만 빌려줬다.

한참 동안 우주선에서 기다리는데, 누가 문을 두드렸다. 마르커스가 스마트 글래스를 가지고 우주선 앞에 서 있었다.

"생일 파티에 초대받았어."

마르커스가 수줍게 말했다. 곧 우주선 안이 유리를 비롯한 독서클럽 아이들의 홀로그램으로 가득 찼다. 유리는 자신이 마르커스를 생일 파티에 초대했고, 마르커스가 이를 승낙했다고 설명했다. 정빈은 마르커스를 놀렸다.

"이제야 떠날 마음이 생겼나 보네?"

"책을 두고 대화할 사람이 생겨서 즐거웠어."

마르커스가 부끄러워하면서 말했다. 서재에서 같이 떠들면서 재밌었었고, 유리가 생일 파티에 와달라고 초대하니 거절

할 수 없었다는 것이다. 홀로그램 중에는 유리의 아버지를 비롯해 아이들의 부모님도 등장해서 아이들이 좋아하는 작가를 만나서 기쁘다고 말했다.

아이들이 유리의 집에서 케이크를 먹는 동안 정빈과 마르커스도 홍차와 케이크를 먹었다. 유리의 아버지가 고맙다면서 아직 플레이아데스 시티에 도착도 안 했는데 돈부터 보냈다. 우팔리가 운송료가 입금됐다는 소식을 정빈에게 기쁜 목소리로 말했고, 돈 관리를 정말 열심히 하는 우팔리가 기뻐하니 정빈도 기분이 좋았다. 그리고 행성 aabb-998의 폭발이 잠시 줄어들면서 정부의 우주선 운행 제한이 풀렸다는 소식이 들어왔을 때, 정빈은 우주선 이륙을 준비했다.

유리가 말했다.

-정빈 너도 파티에 오는 거지? 마르커스만 보내지 말고 너도 와야 해.

"케이크 남아 있으면 가야지. 선물이 없어서 어쩌나?"

"선물은 이미 가지고 있잖아."

홀로그램 유리가 <아침 이야기>와 <트리스탄>을 가리켰다. 우팔리에게 최단 경로를 찾으라고 지시한 다음 우주선을 이륙시켰다. 이슈마엘호는 곧 낫싱 시티의 공항을 벗어나 우주로 날아갔다.

작가의 말

세상에 다른 재밌는 일이 너무 많아서, 책을 읽는 사람이 드물어진 요즘입니다. 책을 좋아하는 사람이 많아지면 얼마나 좋을까 생각하곤 합니다. 어렸을 때 도서관에서 혹은 서점에서 우연히 만난 낯선 책에 빠져서 시간 가는 줄 모르고 읽던 경험이 있습니다. 지금도 글을 쓸 때면 그때의 흥분, 즐거움, 설렘을 떠올리곤 합니다. 제가 어렸을 때 읽었던 책들처럼, 제 글도 독자분들에게 문득 다가와서 깊은 재미를 선사하는 그런 이야기가 되었으면 합니다. 지금은 종이책뿐 아니라 핸드폰, 태블릿 피시, 전자책 리더기 등 많은 매체로 책을 읽을 수 있습니다. 어떤 형태로든 우연히 읽은 책을 통해서 다른 시선으로 세상을 바라보는 경험이 많아졌으면 좋겠습니다.

김이환

초능력을 빌려드립니다

_정명섭

– 아저씨, 초능력 빌려준다면서요?

– 누가 그런 말을 하는데?

– 수진이가요.

– 헛소문이야.

– 저도 초능력이 필요해요.

– 무슨 초능력?

– 멀리 사라질 수 있는 초능력이요.

– 어디에서 사라질 건데?

잠시 주저하던 나경이는 입술을 깨물었다. 그리고는 다시 휴대폰의 자판을 눌렀다.

– 집에서요.

– 왜?

- 숨이 막힐 거 같아서요.

카톡 옆에 1이라는 숫자는 사라졌지만, 답은 오지 않았다. 강당 옥상에 누운 채 한참 휴대폰 화면을 들여다보던 나경이는 하늘을 올려다봤다.

"열나 파랗네."

나경이는 수업이 끝나고 반장이 교무실에서 가져온 핸드폰을 받자마자 강당 옥상으로 향했다. 올해 초, 학교 옥상에서 학생이 떨어지자 출입문을 모두 잠갔지만, 강당은 따로 잠가 놓지 않았다. 그래서 비상계단으로 올라와서 녹색 방수 페인트가 칠해진 바닥에 박스 같은 걸 깔고 누워서 파란 하늘을 봤다. 평소에 하늘을 올려다볼 틈이 없어서 그런지 시간 가는 줄 몰랐다. 거기에는 학교나 학원, 그리고 엄마가 없었기 때문이다. 옆에 같이 누워있던 단짝 친구 수진이가 대꾸했다.

"그럼 하늘이 파랗지 노랗겠냐?"

"하늘은 파란데 내 마음은 썩어들어 가니까 그렇지."

"이제 중학교 삼학년이 무슨 꼰대 같은 얘기야?"

수진이의 타박에 나경이가 몸을 일으키며 대답했다.

"학원 가기 싫고, 집에 가기 싫고, 학교도 오기 싫어."

"그럼 어디 우주라도 가게?"

"거긴 시험도 없고 대학교도 없겠지?"

나경이의 말에 수진이가 코웃음을 쳤다.

"야! 얼마 전에 담임이 청소년 소설을 하나 추천해줬는데 그게 뭔지 알아?"

"뭔데?"

"제목이 뭔지는 까먹었는데 암튼, 달에 이주해서 살던 집 안의 학생이 서울대에 합격한다는 내용이야."

"진짜? 그럼, 그때도 입시가 있다는 얘기야?"

"있다 뿐이야. 지금처럼 인터뷰도 하고 가문의 영광이니 뭐니, 난리도 아니더라. 그런 걸 추천해주다니, 재미도 없고 말이야."

나경이는 투덜거리는 수진이를 뒤로한 채 벌떡 일어나서 난간으로 향했다. 그걸 본 수진이가 따라 일어나며 말했다.

"야! 뛰어내리려면 나 없을 때 뛰어내려. 괜히 골치 아프게 하지 말고."

"내가 죽어도 여기서는 안 죽지. 근데 난간에 설 때마다 뛰어내리고 싶긴 해."

난간에 나란히 선 수진이가 아래를 내려다보며 얘기했다.

"원더우먼이 아니면 꿈도 꾸지 마. 작년에 뛰어내린 설영이 아직도 병원에 있잖아."

"걔는 5층에서 뛰어내렸는데 어떻게 안 죽었을까?"

"나무 위로 떨어졌으니까 그렇지. 거기다 아래가 흙이 있는 화단이라 다리랑 갈비뼈만 부러지고 만 거잖아."

"그래도 걔는 병원에 있어서 좋겠다."

"좋긴 뭐가 좋아. 퇴원하면 1년 꿇고 다시 학교 다니는 거지."

고개를 내밀고 아래쪽 화단을 내려다본 수진이의 대답에 답답해진 나경이는 하늘을 올려다봤다. 진짜 뛰어내릴까 하는 생각이 살짝 들어서 얼른 딴 생각을 했다.

"근데 그 아저씨는 어떻게 알게 된 거야?"

"그렇게 물어보니까 원조교제 하는 거 같잖아."

"대답이나 해."

나경이가 퉁명스럽게 쏘아붙이자 수진이가 입술을 삐죽 내밀었다.

"그냥 카톡으로 왔어."

"뭐라고 하면서?"

"초능력 대여 주식회사인데 혹시 초능력 필요하냐고 하면서 말이야."

"딱 봐도 사기꾼 같잖아."

"그래서 장난을 좀 쳤지. 로또 번호 알려달라고 하면서 말이야. 그랬더니 뭐라고 한 줄 알아?"

나경이가 궁금하다는 듯 쳐다보자 수진이가 웃으며 고개를
절레절레 저었다.

"그냥 초능력이 아니라 행운이라서 못 판대."

"진짜?"

나경이가 큰 소리로 웃자 수진이도 따라서 웃었다.

"그 얘기 들으니까 조금 믿어지더라. 그래서 꼴 보기 싫은
사람한테 안 보이는 초능력을 달라고 했지."

"그랬더니?"

"무슨 앱을 깔라고 하는 거야. 그리고 거기에 대고 원하는
능력을 말하면 된대."

"의심스럽네."

"그래서 한 달 넘게 앱을 안 깔았지. 그러다가 며칠 전에
화진이 패거리랑 크게 싸우고 홧김에 써 봤어."

"효과 있었어?"

나경이의 물음에 수진이가 엄지손가락을 치켜들었다.

"완전 대박이었지. 너도 옆에 있었잖아."

한숨을 쉰 나경이가 고개를 끄덕거렸다. 화진이가 기세등
등하게 수진이를 찾아 나섰는데 바로 앞에서 뿅 하고 사라져
버린 것이다. 놀란 화진이가 황당해하는 와중에 지켜보던 나
경이 옆에 수진이가 나타났다. 나경이는 그때부터 초능력을

빌려준다는 어른에 대해서 관심을 가지게 되었다. 그러다가 오늘 처음 카톡으로 상담하게 된 것이다.

나경이는 슬쩍 휴대폰을 봤다. 초능력 대여 주식회사에서 보낸 링크가 딸린 카톡 메시지가 와 있었다.

― 초능력 대여 주식회사의 앱에 접속하셔서 새로운 세상을 경험해보세요.

나경이가 카톡으로 온 링크를 누르자 갑자기 화면이 바뀌면서 이상한 로고가 떴다. 노란색 바탕에 검은색 동그라미가 크게 그려져 있고, 안에 글씨 같은 게 적혀 있는 형태였다. 나경이가 휴대폰을 뚫어지게 바라보자 수진이가 다가왔다.

"뭔데?"

"나한테도 초능력을 빌려준다는데?"

"운 좋네. 나는 시간이 좀 걸렸는데 말이야."

"이 로고가 맞아?"

나경이가 휴대폰 화면의 로고를 보여주자 수진이가 고개를 끄덕거렸다.

"맞아."

"요상하게 생겼네. 겉에 쓴 건 숫자야?"

"아니래."

"그럼?"

"외계어라고 했어."

수진이의 대답을 들은 나경이는 고개를 옆으로 돌린 채 휴대폰 화면을 들여다봤다.

"진짜?"

"아무튼 이것만 있으면 초능력을 쓸 수 있어. 제약이 좀 있지만 말이야."

"어떤 제약?"

"일단 한번 쓰면 10시간 동안은 쓸 수 없어."

"충전해야 쓸 수 있는 거야?"

"응, 한번 쓰면 로고에 있는 검은색 원이 사라졌다가 조금씩 차는데 다 그려져야 쓸 수 있어."

"제약이 좀 있네."

"초능력은 무한대로 쓰면 안 된다고 했어."

"누가 외계인 아저씨가?"

나경이의 물음에 수진이가 고개를 끄덕거렸다.

"그러니까 쓸 때 신중하게 생각해서 써."

"그럴게."

"느낌이 어때?"

수진이의 물음에 나경이는 어깨를 으쓱거렸다.

"갑자기 어디론가 사라질 수 있는 초능력이라니, 생각해

보니 근사하기도 했고, 무섭기도 해."

"뭐가 무서운데?"

"영화나 드라마 보면 나중에 반전이 있잖아. 외계인한테
납치당한다든지, 쳐들어오면 앞잡이 노릇을 한다든지, 아니면
괴물 같은 걸로 변해버리든지 말이야."

"난 아직 멀쩡한데? 불안하면 쓰지 마."

"그래도 한번 써 볼래. 궁금하잖아."

나경이의 대답에 수진이가 혀를 찼다.

"왔다 갔다 하기는, 어디로 갈 건대? 아빠 만나러 갈 거
야?"

"아니, 어디 있는지도 모르는데."

"얘기도 못 들었어?"

"나도 못 본 지 오래됐어. 엄마한테 물어봐도 얘기 안 해
줘."

"천재였다며?"

수진이의 물음에 나경이가 쓴웃음을 지었다.

"나한테는 그냥 이상한 아저씨야."

"옛날 기사 찾아봤는데 무슨 UFO에서 나오는 빛을 보고
기절했다가 갑자기 머리가 좋아졌다며?"

"몰라. 어쨌든 아빠 얘기는 그만."

한숨을 쉬며 대답한 나경이가 난간에 기댄 채 운동장을 바라보다가 얼굴을 찡그렸다.

"차들이 또 운동장에 들어와 있네."

"어제오늘 일도 아닌데 뭐? 네 엄마 차도 있지 않아?"

"저쪽에 있어. 빨간색 포르쉐."

나경이가 턱으로 운동장 구석을 가리키자 수진이가 난간에 기대며 감탄사를 날렸다.

"새 아빠 진짜 쩌네. 눈에 띄는 외제 차를 사줘서 엄마랑 너를 난폭운전으로부터 보호해주겠다 이거 아니야."

"나는 끔사리고 엄마가 진짜지."

심드렁하게 대꾸한 나경이가 휴대폰을 들여다보면서 중얼거렸다.

"어디 아무도 없는 무인도 같은 데 가고 싶어."

"무인도? 아서라. 하루도 못 버틸걸?"

수진이의 말이 나름대로 일리가 있다고 생각한 나경이가 바로 희망을 바꿨다.

"그럼 엄마랑 학원 없는 외진 곳."

"생각만 해도 가슴이 두근거리네."

나경이가 피식 웃는데 들고 있던 휴대폰이 울렸다. 액정을 들여다본 나경이가 얼굴을 찡그리자 수진이가 가방을 둘러매며 말했다.

"엄마구나? 나는 간다."

"그래."

수진이가 계단 아래로 내려가는 걸 보고 있는데 엄마에게 바로 어디냐는 카톡이 왔다. 휴대폰을 받지 않으니까 보낸 것 같았다. 나경이는 보충수업 중이라는 답을 남기고 돌아섰다. 엄마 성격이라면 교실로 들어오고도 남는다는 걸 알고 있었기 때문이다. 한쪽 어깨에 가방을 둘러메고 아래로 내려가는 문을 열었다. 강당 내부에서 올라오는 게 아니라 1층으로 바로 내려가는 비상계단이라 좁고 가파른 편이었다. 가방을 둘러매고 터덜터덜 내려가는데 교복 주머니에 넣은 휴대폰에서 계속 카톡이 울렸다. 짜증이 난 나경이는 뻐근해진 목덜미를 잡으며 중얼거렸다.

"아이 씨, 어디 멀리 가버리고 싶어. 엄마도 없고, 학교도 없는 곳으로."

그 말이 끝나자마자 거센 바람이 계단 아래쪽에서 불어왔다. 눈을 뜨지 못할 정도로 바람이 심하게 불자 나경이는 한쪽 손으로 얼굴을 가렸다. 그냥 바람이 아니라 어디 갇혀있던 것같이 심하게 눅눅한 바람이라 저절로 얼굴이 찡그려졌다.

"뭐야? 갑자기."

다행히 바람은 금방 그쳤다. 투덜거리던 나경이는 운동장으로 내려가는 계단을 내려가다가 다리가 꼬여서 넘어지고 말았다. 힘없이 앞으로 넘어진 나경이는 옆머리가 바닥에 부딪히자 마치 머릿속에서 종이 울리는 것 같은 울림이 느껴졌다.

"아얏!"

눈을 뜨기조차 힘든 통증에 나경이는 몸을 일으키려고 하다가 그대로 쓰러져버리고 말았다.

정신을 잃은 나경이는 마치 하늘을 날아가는 것 같은 느낌을 받았다. 그렇게 쭉 날아가는 느낌을 받은 이후 의식이 돌아와서 겨우 몸을 일으킬 수 있었다.

"아파!"

눈을 떴지만, 아직도 지끈거리는 한쪽 머리를 손으로 꾹 누른 채 일어난 나경이는 옆에 팽개쳐진 가방을 집어 들고 비틀거리며 운동장으로 나왔다. 잘하면 다친 걸 보고 엄마가 학원에 보내지 않을지도 모른다는 희망을 품었지만 어린 시절의 일을 떠올리고는 고개를 절레절레 젓고 말았다.

"그럴 리가 없지. 엄마가."

엄마는 아빠랑 공식적으로 이혼한 날에도 직접 운전해서 나경이를 학원에 보냈었다. 학원 앞에서 차를 세운 엄마는 내리기 위해 문을 여는 나경이에게 말했다.

"넌 아빠 닮아서 머리가 좋을 거야. 그러니까 열심히 공부해. 네 아빠는 완전 별로지만 머리가 좋은 건 사실이니까."

나경이는 순간적으로 아빠의 지능을 보존하기 위해 나를 낳았느냐는 얘기를 하고 싶었었다. 하지만 예나 지금이나 엄마에게는 아무런 반항도 하지 못하던 나경이는 알겠다는 말만 하고 문을 닫았다. 그리고 엄마의 시선을 느끼며 학원이 있는 건물 안으로 들어갔다. 그날따라 어깨에 맨 가방이 유난히 무거웠다는 기억이 아직도 남아 있었다. 그때를 떠올리며 한숨을 쉰 나경이는 엄마의 포르쉐를 찾기 위해 운동장을 두리번거렸다. 그러다가 운동장에 차가 한 대도 없다는 사실을 깨달았다.

"어? 어디 간 거야?"

운동장 모양도 달라졌다는 걸 알게 된 나경이는 적잖게 당황했다. 육상 트랙이 빙 돌아서 그려져 있고, 한쪽에 농구코트와 테니스 코트가 있어야 할 운동장은 축구 골대만 있는 아담한 모습으로 바뀌었기 때문이다. 거기다 인조 잔디가 깔려있어야 하는데 그냥 흙이 깔려있고, 군데군데 잡초까지 자

라고 있었다. 강남 8학군에 어울리는 운동장을 만들어야 한
다면서 아무도 운동하지 않는 운동장에 인조 잔디까지 깔았
던 나경의 학교가 아니었다.

"여긴 대체…."

어이가 없어진 나경이가 운동장으로 걸어갔다. 바스락거리
며 흙이 밟히는 소리가 들리자 저도 모르게 흠칫했다. 왜 놀
랐는지 생각해 보던 나경이는 흙을 밟아본 지 오래되었다는
생각에 쓴 웃음을 지었다. 운동장 가운데 서서 주변을 돌아
본 나경이는 입을 다물지 못했다. 변한 건 운동장뿐만이 아
니었기 때문이다. 붉은 벽돌로 깔끔하게 만들어진 5층 본관
건물이나 그 옆에 알록달록한 외향으로 리모델링이 되어서
큐브라는 별명으로 불리는 3층 별관과 방금 나경이가 옥상에
서 내려온 강당 모두 사라졌기 때문이다. 대신 2층으로 된
낡고 오래되어 보이는 건물과 그 옆에 아주 촌스러워 보이는
강당이 전부였다. 거기다 학교 주변을 마치 포위하듯 둘러싼
높은 빌딩들은 흔적도 보이지 않았다. 대신에 학교 뒤편으로
뾰족하게 솟은 산이 있었고, 주변으로도 크고 작은 산들이
빙 둘러싼 것처럼 보였다.

"어떻게 된 거지?"

너무 긴장해서 딸꾹질이 난 나경이는 한 손으로 목을 가볍

게 누르면서 운동장을 가로질러 갔다. 견딜 수 없는 상황에 닥치면 항상 밀려오는 편두통까지 생기면서 나경이는 비틀거리면서 걸어가야만 했다. 운동장 끝에는 생각했던 것과는 달리 담장 같은 것이 없었다. 야트막한 돌담 같은 것이 있었는데 딛고 올라갈 수 있을 정도로 낮았다. 호기심에 못 이긴 나경이는 오르기 살짝 부담스러운 돌담을 낑낑거리며 올라갔다. 그리고 눈 앞에 펼쳐진 풍경을 보고 입을 다물지 못했다.

"우와! 완전 한 폭의 그림이네."

산만 있는 줄 알았는데 구불구불하게 펼쳐진 호수가 산들을 감싸고 있었다. 호수는 너무 맑아서 하늘에 떠 있는 구름이 비칠 지경이었다. 때마침 불어오는 산들바람에 긴장감이 탁 풀린 나경이는 돌담에 그대로 걸터앉았다. 그리고 넋을 놓고 산과 호수를 바라봤다.

"TV에서나 보던 건데, 신기해."

나경이의 말에 호응이라도 하듯 한 무리의 새들이 V자 대형을 취한 채 머리 위를 날아갔다. 어린 시절부터 엄마에게 공부가 인생의 전부이고, 성공하고 출세하기 위해서는 무조건 시키는 대로 해야 한다는 사실을 주입받은 나경에게는 다른 삶이란 상상할 수도 없었다. 그래서 초등학교 때 밤 12시까지 학원에 다녀야 했고, 핸드폰 위치추적으로 동네 분식집도 제대로 가지 못하는 상황은 중학교로 진학하면서도 이어졌다. 오직 허용된 것은 학교 정규수업이 끝나고 학원에 가기 전 옥상에서 잠깐 누워서 파란 하늘을 볼 때뿐이었다. 엄마도 대략 눈치챈 것 같았지만 중3이라 봐주는 것 같았다. 이제 고등학교에 올라가면 그런 것조차 허용되지 않을 것이라는 사실에 눈을 감았다. 탁 트인 자연 앞에서 막막한 현실을 떠올리자 저절로 눈물이 나왔다.

"그러고 보니 맨날 눈을 감았네."

이런저런 생각들을 하자 다시 머리가 아파졌다. 하지만 눈앞에 펼쳐진 산과 호수, 그리고 맑은 하늘과 냄새조차 상큼한 공기가 나경이의 걱정을 잊어버리게 했다. 집에 있는 커다란 TV로 종종 보던 자연과 비슷했지만 느낌은 비교가 안 될 만큼 좋았다. 너무나 행복해진 나경은 이곳이 어디고, 자기가 어떻게 오게 되었는지조차 잊어버린 채 콧노래를 흥얼거렸다. 그리고 호수를 따라 구불구불하게 나 있는 도로를 따라 달리는 차들을 바라봤다.

"어머, 정말 작아서 장난감 차 같아."

달리는 차들 때문인지 호수에 떠 있던 오리 같은 새들이 날갯짓하며 떠올랐다. 허공을 빙빙 돌던 새들은 다시 호수로 내려앉거나 산 너머로 사라졌다. 매연이 섞여 있는 것 같은 눅눅한 도시의 공기와는 달리 상큼하다는 표현밖에는 쓸 수 없는 공기가 바람에 실려서 코끝을 스치고 지나가는 것을 만끽했다.

"파타고니아나 오타와 같은 곳에서나 느낄 줄 알았는데."

공부에 지치고 엄마에게 시달릴 때마다 나경이는 우연히 TV에서 본 자연이 멋진 곳들에서 지내는 걸 상상했다. 갑작스럽게 그런 곳에 왔다는 사실에 나경이는 행복감에 부풀었다. 그런 나경의 등 뒤에서 낯선 목소리가 들렸다.

"누구세요?"

놀란 나경이가 돌아보자 하얀 셔츠에 반바지 차림의 꼬맹이가 보였다. 까까머리에 호기심이 가득한 눈으로 꼬맹이는 코를 훌쩍거리며 한 번 더 물었다.

"누나 어디서 왔어요?"

갑자기 할 말이 없어진 나경이는 우물쭈물했다. 다행히 꼬맹이가 먼저 알아서 대답했다.

"아! 며칠 있다가 서울에서 전학 온다고 한 누나구나!"

할 말이 없던 상황에 상대방이 알아서 얘기해주자 나경이는 가볍게 웃으며 고개를 끄덕거렸다.

"어, 전학 오기 전에 한번 구경 왔어."

"잘 왔어요. 누나. 호수 구경하는 거예요?"

"응. 정말 넓네."

"지풍호를 제대로 보려면 저쪽이 좋아요."

"어디?"

나경이의 물음에 꼬맹이는 낡은 강당 쪽을 바라봤다.

"따라오세요."

꼬맹이가 잽싸게 뛰어가자 나경이도 얼른 돌담에서 일어났다.

"같이 가!"

강당으로 올라가는 계단을 헐레벌떡 올라가자 꼬맹이가 얼른 오라며 손짓하고는 강당 뒤로 뛰어갔다. 하늘색 지붕을한 강당의 뒤쪽은 호수 쪽과 닿아있었다. 꼬맹이를 따라 간나경은 엄청나게 넓은 호수가 한눈에 들어오는 광경을 보고는 저도 모르게 두 손으로 이마를 짚었다.

"끝내주네."

"저긴 관광객들도 많이 와요. 저기 호수 너머에 주차장 보이죠. 저쪽이 입구예요."

"진짜 넓네. 이렇게 큰 호수는 처음 봐."

"선생님이 지도를 보여줬는데 우리가 있는 곳이 섬이래요."

"섬?"

나경이의 반문에 꼬맹이가 나뭇가지를 들고 바닥에 그림을 그려가면서 설명했다.

"이렇게 큰 호수가 육지를 둘러싼 형태라서 요기만 빼고는 다 둘러싸여 있데요. 저기 다리 있는 곳이요."

꼬맹이가 가리키는 곳을 본 나경이는 비로소 지금 서 있는 곳의 주변 지형이 어떤지를 눈치챘다.

"진짜 바다 같은 호수에 섬처럼 튀어나왔네."

"그래서 우리 동네를 육지 속의 섬이라고도 불러요. 신기하죠?"

꼬맹이가 으스대는 목소리로 묻자 나경이는 살짝 웃으며 고개를 끄덕거렸다.

"1학년? 2학년?"

"2학년이요. 맹종우라고 합니다."

씩씩하게 대답한 아이에게 나경이가 말했다.

"난 송나경이라고 해."

"근데 왜 서울에서 여기로 전학 오려고 한 거예요?"

생각하지 못한 질문이었지만 놀랄 만큼 태연하게 거짓말을 했다.

"부모님이 근처로 이사를 와서 전학 와야 해."

"다들 서울로 가려고 하는데 누나네는 반대네요?"

신기하다는 듯 묻는 종우에게 나경이가 대답했다.

"내가 힘들어서 못 견디겠다고 했거든."

"왜요? 서울은 살기 좋다고 하던데요."

"아니야. 나처럼 못 견디는 사람도 많아. 그래서 부모님께 얘기했더니 이곳으로 이사를 오겠다고 하셨어."

"우와! 누나 때문에 서울에서 여기로 내려오는 거 보면 정말 좋은 부모님이시네요."

그런 부모님과는 만나 본 적이 없었던 나경이는 종우의 말에 쓴웃음을 지었다.

"나도 그렇게 생각해. 살짝 겁이 나긴 했는데, 와보니까 좋네."

"서울에서 온 사람들도 다 그런 얘기 해요. 산도 예쁘고 호수가 아름다워서 가기 싫다고요."

"나도 그래."

나경이는 종우와 얘기를 나누면서 차츰 불안해져 갔다. 머리에 충격을 받으면서 이곳으로 온 게 확실한 것 같은데 도대체 왜 이곳으로 오게 되었는지, 그리고 원래 학교에서 기다리고 있을 엄마가 어떤 상황에 부닥쳤는지 도통 알 수 없었기 때문이다. 그런 나경이의 속마음을 전혀 눈치채지 못했는지 종우는 계속 말을 걸었다. 참다못한 나경이가 말을 끊었다.

"인제 그만 가봐야 할 거 같아."

"어디로요?"

생각해야 했지만 생각해 보지 못한 종우의 질문에 나경이는 교문 쪽을 바라보며 우물쭈물 대답했다.

"엄마 아빠한테."

"어? 아까 올라온 차 없었는데요. 여긴 차가 없으면 못 올라와요."

"진짜?"

뒤쪽으로 얼핏 보이는 교문을 바라본 나경이의 물음에 종우가 고개를 끄덕거렸다.

"저기 아래서부터 여기까지 꼬불꼬불한 도로뿐이에요. 옆에 걸어 올라올 수 있는 길이 있긴 한데 30분 넘게 걸려서 등산하러 오는 사람 말고 학교 오는 사람은 다 차 타고 와요."

종우의 말에 고민하던 나경이는 거짓말을 했다.

"아! 잠깐 일이 있어서 다른 데 가셨어. 이제 올 때 됐으니까 가볼게."

"그러면 안녕히 가세요."

종우가 꾸벅 배꼽 인사를 하자 나경이는 손을 흔들며 교문 쪽으로 걸어갔다. 눈을 떼지 못할 아름다운 풍경이 사라지자 걱정과 두려움이 밀려왔다.

"이제 어떻게 돌아가지?"

종우의 애기를 들어보면 서울에서 좀 떨어진 시골 같았다. 넘어져서 정신을 잃었는데 서울의 강남에서 여기로 온 것이다.

"꿈인가?"

어떻게 된 것인지 가장 먼저 떠오른 가능성을 시험하기 위해 한쪽 볼을 살짝 꼬집었다.

"아얏!"

아픈 걸 확인한 나경이는 꿈일 가능성은 배제했다.

"그다음은? 납치당한 건가?"

누군가에게 납치당해서 의식을 잃고 이곳에서 깨어났다는 생각이 들었지만 바로 고개를 저었다.

"의식을 잃었다가 바로 일어났잖아. 거기다 납치범도 안 보이고."

이런저런 생각을 하면서 운동장을 가로질러 가서 교문에 도착했다. 기둥처럼 서 있는 교문의 위로는 지풍 초등학교, 지풍 중학교라는 글씨가 적힌 아치형 간판이 보였다. 그리고 바깥쪽은 종우 애기대로 꼬불꼬불한 급경사였다.

"걸어서 올라오는 건 엄두도 못 내겠네."

땅이 넓어서 그런지 교문 바로 안쪽의 공터에 승용차와 노란색 스쿨버스가 나란히 주차되어 있었다. 공원 비슷하게 만들어진 공간이라 그런지 낡은 벤치 몇 개와 동상들이 보였다. 첫 번째는 책을 읽는 아이였고. 그다음은 칼을 든 장군, 그리고 마지막으로 제일 안쪽에 안경 쓴 남자의 반신상이 보였다. 막상 거짓말을 하고 종우를 뿌리쳤지만 어떻게 돌아가야 할지 방법을 찾을 수 없던 나경이는 주변을 돌아보며 중얼거렸다.

"어떻게 돌아가야 하지?"

일단 벤치에 앉아서 생각해 보기로 했다. 그쪽으로 걷던 나경이는 풀에 가려서 보이지 않았던 얕은 구덩이에 발이 빠지면서 휘청거렸다.

"엄마야!"

미처 균형을 잡을 틈도 없이 넘어진 나경이는 아까처럼 머리를 땅에 심하게 부딪쳤다. 엄청난 통증에 비명을 지를 사이도 없이 정신을 잃었는데 지난번처럼 몸이 가벼워지는 걸 느꼈다.

"나경아! 괜찮아? 정신 좀 차려 봐!"

누군가 흔드는 가운데, 귀에 익은 목소리가 들렸다. 정신을 차린 나경이의 눈에 걱정스러운 눈으로 바라보는 엄마의 모습이 보였다.

"어, 엄마?"

그 옆에는 옆 반 담임 선생님이 보였고, 친하지 않아서 마주칠 때마다 인사만 하는 후배들 몇 명이 보였다. 호기심과 걱정이 어린 얼굴들을 천천히 뜯어보던 나경이가 다시 엄마의 얼굴을 바라보면서 물었다.

"여긴 어디야?"

"어디긴, 학교 의무실이지. 멀쩡하게 오던 애가 갑자기 넘어져서 가슴이 철렁했네."

한심하다는 눈으로 바라본 엄마의 말에 나경이는 고개를 들어 창밖을 바라봤다. 3년 동안 지겹게 봤던 학교의 모습이 어렴풋하게 보였다. 그 광경을 본 나경이는 저도 모르게 한숨을 쉬었다. 지풍 중학교에서 느꼈던 포근함이 온데간데없어진 것이다.

"어휴."

저도 모르게 한숨을 쉰 나경이를 엄마가 일으켜 세웠다.

"괜찮지? 학원 늦었으니까 어서 가자."

그런 엄마의 모습에 의무실까지 따라온 옆 반 선생님이 조심스럽게 말을 건넸다.

"나경이가 아픈 거 같은데 오늘 하루는 쉬게 해주는 게 어떠세요? 어머니?"

잠시 기대했지만, 엄마는 냉정하게 고개를 저었다.

"피도 안 나고 금방 일어났는데요. 요즘이 얼마나 중요한 때인데 쉬어요. 제가 알아서 할게요."

주저하던 선생님이 다시 말을 걸려고 하자 엄마는 바로 나경이에게 물었다.

"괜찮지?"

포기한 나경이는 침대에서 일어나면서 힘없이 대답했다.

"네."

늘 그랬지만 학원에서의 시간은 너무나 느리게 흘러갔다. 밤 12시가 넘어서 마지막 학원 수업을 마친 나경이는 엄마의 차에 몸을 실었다. 새 아빠와 통화를 하던 엄마는 나경이가 타자 통화를 끊었다. 그리고 핸들을 잡으며 말했다.

"출장이 며칠 더 늘어나서 이번 주는 못 온대."

"언제 온대?"

"월요일 서울에 오긴 하는데 본가에서 주말 보내고 온다고 하더라."

친절하긴 했지만, 가면을 쓴 것 같은 새 아빠를 불편하게 생각했던 나경이는 가만히 고개를 끄덕거렸다. 차를 출발시킨 엄마가 신호에 걸리자 조심스럽게 나경이를 바라봤다.

"시험 끝나고 같이 병원에 가볼래?"

"괜찮아요."

"그러다 시험 칠 때 쓰러져. 아니면 한약이라도 먹자."

병원보다는 한약 먹는 게 몇 배는 나았기 때문에 나경이는 곧바로 대답했다.

"네."

신호가 바뀌자 차를 출발시킨 엄마는 침묵을 지켰고, 나경이도 그에 따라 침묵에 빠져들었다. 그렇게 집에 도착한 나경이는 곧장 방으로 들어가자마자 컴퓨터를 켰다. 그리고 포털사이트로 지풍 중학교를 검색했다. 혹시 없는 지명이면 어쩌나 걱정했지만, 곧장 위치가 떴다.

"진짜 충청북도에 있네."

나경이가 갔던 지풍 중학교는 지풍군에 있었고, 살고 있는 서울의 강남에서 직선거리로 100킬로미터가 넘는 곳이었다. 거리 뷰와 항공 뷰를 확인하자 학교의 교문과 주변의 모습들이 아까 봤던 것과 똑같다는 사실을 깨달았다.

"실제 있는 곳이면 순식간에 거기로 이동했다가 돌아온 셈이네."

아무리 논리적으로 생각해봐도 답이 나오지는 않았다. 다만 의식을 잃기 직전 하늘로 떠오르는 것 같은 느낌을 받은 것이 기억났다.

"혹시 워프 같은 건가?"

엄마의 눈을 피해 봤던 외국 영화 중에 비슷한 설정이 있는 게 떠올라서 인터넷을 검색했다. 그러자 점퍼라는 미국 영화와 같은 세계관을 가진 임펄스라는 미국 드라마가 나왔다. 하지만 그녀가 겪은 일은 점퍼나 임펄스에 나오는 것처럼 드라마틱하지는 않았다. 설사 그렇다고 해도 상상력으로 만든 영화나 드라마 속의 능력이 실제로 발현될 것이라고는 생각지도 않았다.

"그건 드라마나 영화일 뿐이잖아. 나는 현실이고."

마지막 남은 건 하나뿐이었다. 휴대폰을 꺼내서 오늘 낮에 깔아둔 초능력 대여 주식회사 앱을 확인했다. 노란 바탕에 검은색 원은 절반쯤 채워졌다.

"수진이 얘기대로 이게 다 차면 다시 쓸 수 있는 건가?"

긴가민가했지만 수진이 얘기대로 이 앱을 깔자 원하는 곳으로 갈 수 있는 초능력을 얻게 되었다.

"앱을 깔고 초능력을 얻다니, 너무 현대적이잖아."

잠시 고민하던 나경이는 수진이에게 카톡을 보냈다.

– 뭐해?

– 공부 중

– 지랄, 유튜브 보고 있는 거 다 알아.

– 왜?

나경이는 잠깐 생각하다가 카톡을 보냈다.

– 앱을 깔고 나서 초능력이 생겼어.

– 초능력의 세계에 온 걸 축하해.

– 지풍이라는 곳에 갔다 왔어.

– 어딘데?

– 충청도, 여기서 백 킬로미터도 넘게 떨어진 곳이야.

– 차비도 안 들고, 시간도 안 드니까 좋겠네. 나도 그걸
할 걸 그랬나 봐.

– 바꾸는 거 안 돼?

– 카톡으로 문의했더니 안 된데, 컴플레인 걸면 능력을 회
수할까 봐 그냥 참았지.

– 근데, 이 앱 만든 사람 누굴까? 외계인?

– 모르지. 만난 적은 없으니까.

– 그래?

– 거기 앱 아래 까만색 버튼 있거든, 그걸 누르면 앱이 없
어진대. 찜찜하면 그걸 눌러. 대신 다시는 못 깐다고 했어.

－ 선택권이 없네.

－ 우리 인생이 그렇지. 뭐.

－ 지랄하네. 얼마나 살았다고.

－ 나 유튜브 봐야 해. 궁금한 건 그쪽에 물어봐.

－ 알겠어.

수진이와의 카톡에서도 답을 얻지 못한 나경이는 초능력 앱에 있는 1대1 상담 코너에 댓글을 남겼다.

－ 아저씨 정체 뭐에요? 혹시 외계인?

－ 이계인.

생각지도 못한 아재 개그에 피식 웃은 나경이는 궁금한 걸 물었다.

－ 왜 초능력을 빌려주는 건데요?

－ 테스트 중이야.

－ 무슨 테스트요?

－ 비밀, 알면 다쳐.

－ 혹시 외계인인데 지구 침략하려고 사전 공작하는 거 아니에요?

－ 그럴 거면 왜 초능력을 줬겠어?

－ 하긴….

－ 인간에게 상상하지 못할 능력이 생겼을 때 어떤 반응을

보일지 궁금했어.

- 그런데 왜 우리예요?

- 불쌍하니까.

- 단지 그것뿐이에요?

- 나중에 궁금한 것에 대한 답을 찾을 수 있을 거야. 그러니까 지금은 일단 즐겨.

- 비밀을 유지해야 하나요?

- 그랬다면 수진이가 너한테 알려주지 않았겠지. 대신, 마음에 안 드는 사람한테는 얘기하지 마. 부메랑이 될 수 있으니까.

- 알겠어요. 긴급 사용 버튼 생겼던데요.

- 앱 개발 중이라 이것저것 넣었다 뺐다 중이야.

- 초능력을 쓸 수 있는 앱이라니, 웃겨요.

- 부적 같은 걸 쓸 수는 없잖아. 쓸 수 있을 때 즐기라고.

- 그럴게요.

대화가 끊긴 카톡을 한참 들여다보던 나경이는 침대에 드러누웠다.

"앱으로 초능력을 빌려주는 회사라니, 별일이야."

뜻밖의 힐링을 얻기는 했지만 나경이는 머리가 아팠다. 덕분에 밤잠을 설쳐서 새벽에 엄마가 깨우는 소리에 겨우 눈을 떴다. 화장실에서 씻고 전날 꺼내놓은 교복을 입는데 엄마가 부엌에서 새 아빠와 통화하는 소리가 들렸다. 달링이나 허니라는 단어들이 나오자 나경이는 저도 모르게 얼굴을 찡그렸다. 통화를 끝낸 엄마가 우유를 부은 플레이크를 식탁에 앉은 나경이 앞에 가져다 놨다. 옆에는 영양제를 비롯한 몇 가지 약들이 있었다. 우유에 적셔진 플레이크를 먹고 영양제를 입에 넣은 나경이는 물을 마시고는 한 번에 삼켰다. 그 사이, 화장을 끝낸 엄마가 핸드백을 들고 현관으로 향했다. 급하게 양치하고 나온 나경이에게 엄마가 말했다.

"오늘은 일이 있어서 못 가니까 택시 타고 학원 가."

"어디 가는데?"

"동창회."

짧게 대답한 엄마가 문을 열고 나갔다. 뒤따라 나온 나경이는 엘리베이터를 타면서 저도 모르게 휴대폰을 만지작거렸다. 엄마가 태우러 오지 않으면 어제처럼 다른 곳에 갈 능력을 시험해볼 수 있었기 때문이다. 불현듯 떠오른 생각을 들키지 않으려고 일부러 창밖을 쳐다봤다. 그리고 저도 모르게 웃음이 나왔다.

학교에 도착하자마자 단짝인 수진이가 머리를 만졌다.

"혹 안 났어?"

"멀쩡해."

"어디 깨져서 피도 좀 나고 그래야 학원을 쉴 거 아니야."

"우리 엄마한테 그런 게 통할 거 같아?"

나경이의 대꾸에 수진이가 물었다.

"옆 반 담임이 그러는데 일어나자마자 학원 데려갔다며?"

"응."

한숨을 쉬며 대답한 나경이에게 수진이가 말했다.

"아프면 얘기해. 내가 의무실에 따라가 줄게."

"수업 째려고 그러는 거 다 알아."

"오! 똑똑한데."

"흥, 그 정도도 모를까 봐?"

둘이 티격태격하는 사이에 수업 시작을 알리는 종이 울렸다.

수업이 진행되는 내내 나경이는 창밖을 보면서 생각에 잠겼다. 어떻게 하면 엄마에게 들키지 않고 지풍군으로 워프를 할 수 있을지 고민에 빠진 것이다. 그러다가 쉬는 시간에 방법을 찾아냈다. 내내 딴생각하고 있던 나경이를 본 수진이

한마디 했다.

"뭘 생각해? 갑자기 아이돌에 빠졌어?"

"그냥, 있다가 옥상에 못 가."

"왜?"

"엄마가 중간에 밥 먹자고 해서."

낙담한 수진이에게 대충 둘러댄 나경이는 혼자 교문을 나왔다. 그리고 택시를 타고 학원 근처에 있는 독서실로 갔다. 월 이용권을 끊은 독서실에는 거의 방이나 다름없는 정도로 닫혀있는 공간이 있었다. 도착해서 의자에 앉자마자 눈을 질끈 감은 채 휴대폰에서 초능력 대여 주식회사 앱을 켠 다음에 중얼거렸다.

"어제 갔던 지풍군으로 가고 싶어."

눈을 떴지만 그대로였다. 낙심한 나경이가 짜증을 냈다.

"안 되잖아. 어제처럼 머리를 부딪쳐야 하나?"

땅에 넘어지는 건 너무 아플 거 같아서 책상에 머리를 부딪치면서 외쳤다.

"지풍군으로 가고 싶다고! 호수 있는 데로."

그 순간, 어제처럼 바람이 불어오는 느낌과 몸이 살짝 떠오르는 걸 느꼈다. 그리고 잠시 어지러움이 찾아왔는데 어제보다는 덜해서 정신을 잃지 않았다. 갑자기 땅에 떨어진 것 같은 느낌에 잠시 휘청거렸던 나경이는 간신히 균형을 잡았다. 나무 데크로 된 바닥에서 삐걱거리는 소리가 들렸다.

"여긴 어디야?"

어제 갔던 그 학교는 아니었지만, 주변 풍경은 익숙했다. 고개를 들어서 주변을 살피던 나경이는 나무 데크 끝이 전망대처럼 되어 있는 걸 보고는 한걸음에 뛰어갔다. 거기에서는 지풍호가 한눈에 내려다보였다. 산 중턱에 있는 학교에서 본 것과는 비슷하면서도 달랐다. 유리처럼 매끈해서 구름이 보이는 호수는 아무리 봐도 질리지 않았다.

"너무 좋다."

나경이는 저도 모르게 튀어나오는 말에 놀라 깔깔거렸다. 자신이 원하는 장소로 워프하는 초능력을 가질 것이라고는 한 번도 생각해 본 적이 없었지만 이렇게만 쓰인다면 행복할 것 같았기 때문이다. 난간에 기대서 정신없이 지풍호를 바라보던 나경이는 아래로 연결된 계단을 봤다. 호수 근처로 갈 수 있는 산책로라는 표지판을 보고는 냉큼 계단을 내려갔다. 호수 근처에 트랙처럼 조성된 산책로에는 온갖 종류의 꽃이 자라고 있었다. 거기다 지풍호 주변의 산들을 가까이서 볼 수 있었는데 하나같이 깎아지른 절벽이 숲으로 덮여 있는 형태라서 너무너무 아름다웠다. 넋을 놓고 산책로를 걷던 나경이는 중간중간 세워진 작은 인형들을 보고는 걸음을 멈췄다. 가끔 엄마가 공부에 지친 나경이를 위해 놀이동산에 가거나 함께 영화를 보곤 했다. 하지만 어딜 가든 엄마와 함께한다는 사실 자체가 부담이었다. 그런 나경에게 서울에서 엄청나게 멀리 떨어진 경치 좋은 곳에 홀로 있다는 사실은 자유로움을 만끽하기에 부족함이 없었다. 콧노래를 흥얼거리며 걷던 나경이는 어느덧 산책로의 끝에 도달했다. 바닥을 붉은 벽돌과 검은 벽돌을 이용해서 소용돌이처럼 만든 둥그런 광장 한쪽에는 푯말이 서 있었다. 그곳으로 걸어간 나경이는 거기에 적힌 글을 읽었다.

"끝과 시작의 만남. 끝은 시작과 이어지며, 시작은 끝으로 연결된다. 세상의 모든 것은 끝이 있는 법이고, 끝의 마지막은 시작과 이어진다. 그러니 잘 안 되는 일이 있다고 해서 끝났다고 포기하지 말고, 잘 풀린다고 영원히 계속될 것이라는 자만심을 버려야 한다."

누가 어디에서 한 말인지는 몰랐지만 의미심장한 얘기였다. 푯말의 글씨를 읽은 나경이는 호수를 따라 이어진 산책로를 다시 걸었다. 그러다가 문득 휴대폰을 들여다보고는 깜짝 놀랐다.

"시간이 벌써 이렇게 지난 거야?"

놀란 나경이는 앱을 켠 휴대폰에 대고 외쳤다.

"나 아까 있던 곳으로 돌려보내 줘. 어서!"

익숙해졌는지 이번에는 금방 돌아갔다. 하늘을 나는 느낌
이 잠깐 들다가 사뿐하게 땅 위에 내려앉았다. 다만 아까 있
었던 독서실이 아니라 번화한 거리 한복판이었다. 빵빵거리
는 차의 클랙슨 소리와 상점에서 흘러나오는 음악 소리가 자
연을 만끽하고 돌아온 나경의 귀를 어지럽게 찔러댔다.

"아, 정말 시끄러워."

잠깐 서서 정신을 차린 나경이는 주변을 두리번거렸다. 고
개를 들어야만 끝이 보일 정도로 높은 빌딩들과 쉴 새 없이
반짝거리는 네온사인, 그리고 옆에 누가 있는지 관심도 없이
바쁘게 걸어가는 사람들을 본 나경이가 나지막하게 중얼거렸
다.

"강남이네."

몇 번 와 본 적이 있는 강남역 근처였지만 독서실과는 거
리가 멀었고, 학원이랑도 제법 떨어진 곳이었다. 학원에 제때
가지 못하면 엄마의 불호령이 떨어질 것이라는 생각에 나경
이는 서둘러 주변을 돌아봤다.

"택시를 탈까?"

택시를 잡기 위해 두리번거리던 나경의 눈에 낯익은 사람

이 스쳐 지나갔다. 순간적으로 지나가서 뒷모습밖에는 보이지 않았지만, 반백의 곱슬머리와 큰 키 때문에 누군지 금방 알아차렸다.

"새 아빠?"

혹시나 하는 마음에 뒤따라갔는데 입고 있는 외투나 발걸음 모두 영락없이 새 아빠였다. 문제는 새 아빠가 젊은 여자와 팔짱을 낀 채 걸어가고 있다는 점이었다.

"엄마가 출장이라고 했잖아."

분명히 엄마한테는 그렇게 들었는데 새 아빠는 대한민국의 강남을 거닐고 있었다. 그것도 젊은 여자랑 팔짱을 낀 채 말이다. 그게 무슨 뜻인지 알아챈 나경이는 놀라서 두 손으로 입을 가렸다. 나경이가 멍하게 서 있는 사이 새 아빠는 팔짱을 낀 여자와 함께 카페에 들어갔다. 주춤주춤 따라간 나경이는 따라 들어갈까 고민하다가 두 사람이 밖에서 잘 보이는 창가에 앉는 걸 보고는 그대로 밖에 있었다. 어찌할까 고민하다가 핸드폰을 떠올린 나경이는 가방에서 핸드폰을 꺼내서 카메라를 켰다. 사진을 찍을까 하다가 동영상이 더 효과적일 거라는 생각에 동영상 버튼을 눌렀다. 때마침 두 사람이 서로를 보고 웃으면서 가볍게 뽀뽀하는 모습이 담겼다.

"맙소사."

무심코 중얼거렸는데 뭔가 눈치를 챘는지 새 아빠가 고개를 돌려서 동영상을 찍고 있는 나경이를 발견했다. 놀란 나경이가 얼른 핸드폰을 감추고 딴청을 피웠지만 새 아빠가 일어나는 게 보였다.

"어쩌지? 들켰나 봐."

어쩌냐는 말만 되뇌던 나경이는 아까 왔던 길을 따라 걸어갔다. 그리고 힐끔 뒤를 돌아보는데 새 아빠가 다른 사람들을 제치고 따라오는 게 보였다. 멀리 지하철역 입구가 보였지만 그곳까지 가기 전에 잡힐 것 같았다. 피할 곳을 찾던 나경이는 사람들이 드나드는 오락실을 봤다. 몸을 숨기기에는 적당하다는 생각에 나경이는 그곳으로 들어갔다. 각종 오락기와 뽑기 기계가 있는 오락실은 사람들로 득실거려서 잠시 한숨을 돌릴 수 있었다. 하지만 새 아빠의 모습이 입구에 보이자 당황하고 말았다.

"여기까지 쫓아왔네."

밖으로 빠져나가려고 했지만, 뒷문이 보이지 않았다. 2층으로 올라가는 계단은 입구 쪽에 있어서 새 아빠에게 들키지 않고 올라가는 건 불가능했다. 이리저리 숨을 곳을 찾던 나경이는 새 아빠가 자신이 있는 쪽으로 다가오자 깜짝 놀라고 말았다.

"어쩌지?"

그때 바로 옆에 있던 코인 노래방들이 보였다. 그중 빈 곳을 찾아서 문을 열고 들어간 나경이는 문을 꼭 닫았다. 빠져나갈 방법은 한 가지뿐이었다. 휴대폰의 앱을 켠 나경이는 노란색 바탕 화면 아래쪽에 있는 긴급 사용 버튼을 눌렀다. 그러자 검은색 동그라미가 쭉쭉 생겨났다. 그게 완성되면 쓸 수 있을 것 같았다. 조마조마한 마음으로 쳐다보면서 문 쪽에 바짝 붙어서 몸을 숨겼다. 새 아빠의 것으로 보이는 그림자가 쓱 지나가는 게 보였다. 한숨 돌린 나경이는 검은색 동그라미가 완성되는 걸 보자마자 외쳤다.

"학원으로 보내줘. 어서."

다급하게 외치는데 바로 앞까지 온 새 아빠가 코인 노래방의 문고리를 잡는 게 보였다. 나경이가 눈을 감은 채 소리쳤다.

"제발!"

그 순간, 몸이 바람에 실린 것처럼 가벼워졌다. 정신을 차린 나경이는 자신이 학원이 있는 건물 앞에 서 있는 걸 느꼈다. 첫 번째 수업 시간은 놓쳤지만 크게 늦지는 않았다는 생각에 안도의 한숨을 쉬는 순간, 핸드폰이 울렸다. 액정에 뜬 엄마라는 글씨를 본 나경이는 냉큼 받았다.

"엄마."

"너 어디야? 네가 오지 않았다고 선생님한테 연락이 왔었어."

"어, 그게."

어떻게 대답할까 고민하던 나경이는 핸드폰을 잠시 들여다보고는 대답했다.

"있다가 집에 가서 얘기해줄게."

"땡땡이친 거 아니지?"

"지금 학원 앞이거든. 수업 들어갈게."

통화를 끝낸 나경이는 건물 안으로 들어가면서 아까 찍은 동영상을 다시 틀어봤다. 다행히 영상은 아주 잘 찍혀있었다. 이걸로 껄끄러운 새 아빠를 몰아낼 수도 있다는 생각에 나경이는 저도 모르게 외쳤다.

"빙고."

엘리베이터를 타고 학원으로 올라간 나경이는 조심스럽게 노크하고 안으로 들어갔다. 늦어서 죄송하다는 말과 함께 다음 수업부터 들어가겠다고 하자 학원 선생님도 그러라고 하고는 수업하러 들어갔다. 소파에 앉은 나경이는 문득 궁금해졌다.

"왜 원하는 장소가 아니라 새 아빠가 누굴 만나는 장소로 가게 된 거지?"

나머지는 모두 원하는 장소로 갔지만 그때만 이상하게 엉뚱한 장소로 간 것이다. 이리저리 고민하던 나경이는 휴대폰을 꺼내서 앱을 켜고 한참 들여다봤다.

"무슨 뜻이었을까?"

두려움과 호기심을 동시에 느낀 나경이는 잠시 핸드폰에서 눈을 떼고 숨을 골랐다. 잠시 후, 수업이 끝났는지 문이 열리고 학생들이 나왔다. 나경이는 빈자리를 잡기 위해 가방을 메고 학원의 교실 안으로 들어갔다. 잠시 후, 수업이 시작되었지만 당연하게도 귀에 하나도 들어오지 않았다. 쉬는 시간이 되자 밖으로 나온 나경이는 잠깐 고민하다가 휴대폰으로 찍은 새 아빠의 영상을 엄마에게 보냈다. 그리고 친구가 강남에 갔다가 우연히 찍은 거라는 설명을 덧붙였다. 새 아빠가 어떤 식으로 거짓말을 해서 엄마를 설득할지 몰랐기 때문이다. 잠시 후, 엄마에게 전화가 오기 시작했지만 무시한 채 수업에 들어갔다. 수업을 듣는 내내 왜 영상을 엄마에게 보냈는지 생각해봤지만, 답을 찾을 수 없었다. 확실한 건 순간이동을 할 수 있는 초능력이 아니었다면 불가능했다는 점이다. 길고 긴 학원 수업이 끝나자 시간은 자정 가까이 된 상태였다. 카톡으로 학원 앞에 도착했다는 엄마의 메시지가 보였다. 동창회를 하다가 놀라서 온 모양이었다. 엘리베이터 앞까지 갔던 나경이는 걸음을 멈췄다. 그리고 앱을 다시 켜고 카톡을 보냈다.

- 오늘 이상한 곳으로 가서 이상한 광경을 봤어요.
- 세상에 이상한 건 없어. 모두 예정되어 있을 뿐이지.
- 내가 왜 그 모습을 본 거죠.
- 능력이야.
- 원하는 곳이 아니었어요.
- 그걸 바랐던 건 아니고?

상대방의 물음에 나경이는 아무 대답도 하지 못했다. 새 아빠를 싫어했던 것도 사실이었고, 평지풍파가 일어날 것임에도 불구하고 영상을 보낸 것도 그런 마음 때문이었다. 생각이 거기까지 미치자 나경이는 엄마의 차가 있을 창밖을 바라보며 중얼거렸다.

"그렇지. 내가 원했던 거야."

용기가 생긴 나경이는 걸음을 옮겼다. 엘리베이터 대신 계단을 내려갔다. 유리문을 열고 밖으로 나오자 습한 공기가 밀려왔다. 한밤중이었지만 가로등과 헤드라이트, 간판의 불빛 덕분에 대낮처럼 환했다. 도로에는 먼저 나온 학원 아이들이 서 있었다. 그런데 하나같이 고개를 들어서 맞은편 건물의 전광판을 보는 중이었다. 나경이도 따라서 그쪽을 바라봤다. 회색 양복을 입은 남자 앵커가 심각한 표정으로 말을 하는 중이었고, 아래쪽에 붉은 글씨로 자막이 떴다.

"요즘 학생들 사이에서 정체불명의 앱이 인기를 끌고 있습니다. 특별한 능력이 생긴다는 말인데 이게 가능한 일일까요? 패널분들을 모시고 얘기를 나눠보겠습니다."

화면이 돌아가면서 패널들이 보였다. 하나 같이 나이 든 남자와 여자들이었다. 그걸 본 나경이가 중얼거렸다.

"왜 학생들 사이에서 일어난 일인데 나이 든 사람들을 부르는 거지?"

옆에 서 있던 긴 머리 여학생이 대답했다.

"우리 얘기는 관심이 없잖아."

"하긴."

처음 본 사이였지만 공감대가 형성되었다. 씩 웃은 긴 머리 여학생이 휴대폰을 꺼내서 노란 바탕의 초능력 대여 앱을 켰다. 그리고 살짝 속삭였다.

"비둘기가 되고 싶어."

갑자기 여학생이 사라지고, 하얀 비둘기 한 마리가 날갯짓하며 어둠 속으로 사라졌다. 그녀가 떠난 자리에는 하얀 깃털 하나만 떨어졌다. 긴 머리 여학생이 변한 비둘기는 초능력을 빌려주는 앱은 사기라며 힘주어 말하는 나이 든 패널이 보이는 전광판을 지나갔다. 모여 있던 아이 중 몇 명이 사라지거나 새로 변해서 날아가 버렸다. 나경이도 어디론가 사라져버릴까 고민했지만 길 건너편에 보이는 엄마의 빨간색 승용차를 보고는 마음을 바꿨다.

"초능력이 언제까지 날 도와주진 않을 거잖아. 부딪쳐봐야지."

나경이는 도로를 건너서 엄마가 타고 있는 빨간색 승용차로 향했다.

'아흘러가 센테나이에게, 비밀 유지를 위해 지구어로 전달함.'

$A\Omega$ - 13이 테스트를 통해 자기 능력을 각성했다. 아직 초보 단계이지만 특성상 능숙해지는 건 시간문제에 불과할 것으로 보인다. 감시 단계를 최상급으로 올리고, 방문자들을 배치할 것. 다른 능력자 특히 βQ - 77과 접촉하게 되면 빛에 대해서 알게 될 가능성이 크기 때문에 반드시 저지해야 한다.

작가의 말

삶이 힘들고 답답할 때 우리는 초능력을 갈망합니다. 하늘을 날고, 엄청난 힘이 생기며, 사람의 마음을 꿰뚫어 볼 수 있다면 나를 괴롭히는 상당수의 문제가 해결될 것이라고 말이죠. 하지만 그런 힘을 가진 슈퍼맨도 고민을 안고 사는 걸보면 초능력이 최종 해결책이 될 거 같지는 않습니다. 그런데도 초능력을 주제로 단편을 쓴 것은 청소년들 때문입니다.

최근 유행하는 학교 폭력을 다루는 콘텐츠에서 학생들은 가해자이자 피해자로 등장합니다. 하지만 학교가 지옥이 되고 학생들이 서로 원수지간이 된 이유는 잘 나오지 않습니다. 그것은 경쟁을 부추긴 어른과 사회 때문입니다. 그 지옥에서 서로 괴롭히고 괴롭힘을 당하는 일을 반복하죠. 그런 상처를 입고 사회에 나온 아이들이 뭘 할 수 있을까요? 우리는 아이들을 어른으로 만들 발판을 마련해주지 못했습니다.

초능력조차 지옥 같은 사회를 바꾸지 못한다는 점, 하지만 그 안에서도 자유 의지를 가진 사람들에 의해 희망이 지켜진 다는 것을 얘기해보고 싶습니다. 인간의 역사가 그나마 발전 하고 나아진 것은 희망을 포기하지 않은 누군가가 있었기 때 문입니다. 그래서 저는 여러분에게 초능력을 빌려 드리겠습 니다. 바로 '희망'과 '도전'이라는 초능력을요.

정명섭

친구를 빌려드립니다

_임지형

－파밧!

날카로운 소리와 함께 컴퓨터 모니터가 꺼졌다. 열 받아서 게임을 하다가 코드를 확 뽑아 버렸다. 이 꼴 저 꼴 안 보고 싶었다. 머리가 띠잉, 하니 지끈거렸다. 멍하니 꺼진 까만 모니터를 쳐다봤다. 속이 부들부들 떨렸다.

"아, 짜증 나!"

나는 책상 위를 힘줘 내리쳤다. 화가 나 견딜 수가 없었다. 얼마나 화가 나는지 내 머리는 오래 켜놓아 뜨거워진 컴퓨터만큼이나 뜨거워졌다. 도대체 이번이 몇 번째지?

－너 친구 없지? 꼭 친구 없는 찐따들이 저런다. 제발 다른 사람 봐가면서 하라고!

오랜만에 들어간 게임에서 또 한 녀석이 나를 건드렸다.

사냥감이 코앞에 있어 잡은 게 무슨 잘못이라고 저런 욕을 들어야 하는지. 문제는 이번 한 번 뿐이 아니다. 세 보진 않았지만, 게임 하면서 저 소리를 꽤 많이 들었다. 아니 내 필요 때문에 한 건데 왜 다들 지랄인 거야?

그런데! 왜? 더 화가 부글부글 끓는 거지?

의자에서 벌떡 일어나 방 안을 서성거렸다. 왜 게임만 하면 사람들이 내게 저런 말을 하는지 모르겠다. 아니, 그런데 나는 또 왜 저 말에 기분 나빠하는 거지? 나 진짜 친구 없는 거 맞잖아? 친구가 없어서 없다고 하는데 왜 기분 나빠하는 거냐고?

"사람은 진실을 말할 때 화가 더 나는 법이거든. 뻔히 아는데 그걸 콕 꼬집어서 말하니까 기분이 나쁠 수밖에."

언젠가 아빠가 엄마와 싸운 후 화 난 이유에 대해 이렇게 말했다. 그땐 솔직히 이해 못했다. 거짓말을 한 것도 아니고 있는 그대로를 말했는데 왜 화가 날까? 했었다. 하지만 지금은 그 말이 확실히 뭔지 알 것 같다. 그러니까 사람이란 존재는 진실을 말할 때 어쩌면 더 화가 날 수 있는 거다.

나는 친구가 없다. 더 정확히 말하면 '친구'란 존재의 필요성을 못 느꼈다. 어차피 친구가 있다고 한들 만날 수도 없었다. 그래서 아예 친구 만들 생각을 하지 않았다. 이유는 다

바이러스 때문이다.

몇 년 전 세계는 바이러스 감염으로 몸살을 앓았다. 아니 몸살 정도가 아니다. 세상의 모든 판도가 뒤바뀔 정도로 거대한 위기가 닥쳤다. 당연했던 일상이 더 이상 당연하지 않게 되었고 정상이라고 말했던 것들이 비정상적으로 흘러갔다. 전문가들조차 예상할 수 없는 상황의 연속이었고, 최악의 최악으로 치달았다.

'바이러스 이전의 세상으로 돌아갈 수 없을 것이다.'라는 말이 여기저기에서 흘러나왔다. 그 말은 곧 현실이 되었다. 눈에 보이는 사람들은 보이지도 않는 바이러스로 인해 옴짝달싹 못하게 되었다. 감염의 공포로 하루하루가 돌덩이처럼 굳어버렸다. 특별한 대안은 없었다. 그저 개인이 방역을 철저히 하고, 사회적 거리두기에 힘쓰는 것에 사력을 다할 뿐이었다. 그런데도 매일 혼돈 속에서 살아야 했다. 맘만 먹으면 세상을 제패할 것 같던 사람들은 그제야 무력함을 깨닫게 됐다.

그때 나는 겨우 초등학교 입학했을 무렵이었다. 학교가 있어도 학교가 어떤 곳인지 몰랐다. 반 친구가 있어도 누가 누군지 제대로 알 수 없었다. 바이러스가 잠잠해 학교에 가면 마스크를 쓴 채로 아이들을 만났고, 툭하면 또다시 집단 감염 때문에 휴교했다. 그런데 나는 오히려 그러면 안심이 되었다. 모니터 속에서 만났던 담임 선생님과 친구들을 정작 현실에서 만나면 어색했기 때문이다. 차라리 그들과는 모니터 속에서 만나는 것이 더 편했다.

"자전거도 탈 줄 모르는데, 친구는 무슨."

유튜브에서 그랬다. 자전거 타는 방법은 한 번 배우면, 평생 잊지 않는다고. 하지만 친구 사귀는 게 자전거 타기처럼 한 번 배워두면 영원히 사라지지 않는 게 아니다. 게다가 불행하게도 나는 두발자전거를 탈 줄 모른다. 바이러스가 세상을 지배하면서 내게서 운동장을 앗아갔기 때문이다. 핑계 같지만 내가 친구를 사귀지 못하는 것도 어쩌면 그 영향 때문인지도 모른다.

지이이잉.

책상 위에 둔 핸드폰 진동이 울렸다. 흘깃 보니 엄마다.

"네. 엄마."

"뭐해? 설마 게임 하는 거 아니지?"

"아닌데요."

엄마는 요즘 부쩍 내 생활 패턴에 불만이 많다. 특히 새로운 학원에 등록하고 나면 더 그래진다.

"독서클럽에서 전화 왔어. 너 거기에서 친구 없어?"

"친구요?"

내 입에서 불퉁스럽게 말이 튀어나왔다. 오늘따라 그놈의 친구 이야기는 왜 이리 자주 나오는지 모르겠다.

"그래. 상담 선생님이 걱정하시더라. 벌써 두 달쨌데 아직도 서먹한지 토론 같은 거 할 때도 되게 힘들어한다고. 왜 그래?"

바이러스가 극성을 부리고, 세상이 멈추자 혼자서도 뭐든 할 수 있게 만들어준 사람이 엄마다. 그리고 엄마는 틈만 나면 나에게 이렇게 말했다.

"모든 발전은 혼자일 때 하는 거야! 그러니까 서유민. 엄마가 하라는 대로 하면 돼. 알겠지?"

8살! 겨우 초등학교 1학년이었던 내게 이렇게 말 하던 엄마가 이제 와서는 친구가 없냐고 한다.

"학원에 가면 친구들하고 가까이 좀 지내. 그래야 다니기도 편할 것 아니야. 알겠지?"

내가 아무런 대답을 하지 않자 엄마는 곧바로 말을 이었다.

"왜 대답이 없어? 그럴 거지?"

"네."

마지못해 대답하고 전화를 끊었다. 조금 전 게임 때문에 짜증이 났던 마음이 다시 솟아올랐다. 그러자 한 번도 생각해 보지 못했던 감정이 치솟아 올랐다.

"와, 이럴 땐 진짜 친구란 게 있으면 좋겠네!"

내가 주먹으로 가슴을 툭툭 치며 혼잣말했다. 그러곤 누군가의 앞에서 이 모든 상황에 대해 한바탕 욕을 하며 털어내는 모습을 상상했다. 하지만 상상은 상상일 뿐이었다. 부글부글한 속은 여전했다. 그러니까 진짜가 아닌 이상에야 아무 소용이 없다는 뜻이었다.

예전 일이 다시 떠올랐다. 모니터 속 선생님이 내주는 숙제와 공부를 열심히 하던 일. 모니터 속의 친구들과 사이좋게 지내기 위해 노력한 일. 모니터 속 친구의 집을 구경했고, 모니터 속의 친구에게 우리 집을 보여줬던 일. 동생이나 누나, 형이 없는 나는 혼자 놀고, 혼자 공부하고, 혼자 밥 먹었던 일까지.

그러다 불쑥 텅 빈 집의 쓸쓸한 그림자가 내 속으로 들어오는 날은, 혼자 가만히 거실 소파에 몇 시간이고 누워 있고는 했다. 그러던 어느 날, 엄마한테 말했다.

"엄마. 나 외로운 것 같아."

생각지도 않은 말 탓이었을까? 엄마가 당황한 얼굴로 눈만 끔뻑거리다 한마디 했다.

"외롭다는 건 자기한테 집중해야 할 시간이라는 걸 말해주는 거야."

솔직히 무슨 말인지 이해가 안 됐다. 하지만 왠지 외로워하면 안 된다는 말 같아서 고개를 끄덕였다.

다음 날 엄마는 내가 집에서 혼자 할 수 있는 것들을 더 많이 만들어 줬다. 공부, 게임, 운동 등 집 밖으로 나가지 않아도 모든 것을 해결할 수 있게 말이다. 그 뒤로 나는 나의 외로움을 금지했다. 혼자서 다 해결할 수 있다면, 외로움 따위 의미 없었다.

물론 지루하고 심심할 때가 있기는 했다. 그러면 게임을 했다. 온라인 속에서 만난 사람들과 몬스터를 잡거나, 대륙에서 대륙으로 여행을 했다. 언젠가는 '고요의 바다'라는 맵에다가 캐릭터를 세워 놓고 3시간 동안 해 지는 장면만 본 적도 있다.

시간이 흐르고 학교에 갈 수 있을 때가 왔다. 하지만 나는 딱히 친구를 사귀지 않았다. 아니 사귈 필요가 없었다. 외롭지 않아서나 심심하지 않아서라거나 지루하지 않아서와 같은 이유가 아니다. 혼자가 진짜 편해져 버린 것이다. 문제는 중학교에 가면서부터였다.

나는 심각한 수준의 게임중독 진단을 받았다. 학교에서는 생활 부적응문제로 엄마를 호출했다. 작년 내내 엄마는 나에게 게임을 좀 줄이고 친구 좀 사귀라며 들들 볶았다. 독서클럽에 가게 된 것도 친구를 사귀기 위함이었다.

엄마는 내게 아이가 처음 걸음을 배우는 것처럼, 친구 사귀는 것도 배울 수 있는 거라고 하셨다. 하지만 나에게 그일은, 쪼렙 캐릭터로 던전 보스 몬스터를 상대해야 하는 것만큼이나 어려운 일이었다.

수요일 하교 시간, 나는 한 번도 본 적 없던 건물 앞에서 우뚝 멈춰 섰다.

"다빌? 이런 곳이 있었나?"

평소라면 학교 앞에서 셔틀버스를 타고 학원으로 갔겠지만, 머리가 지끈거려 학원을 제치기로 했다. 바람을 좀 쐬며 집까지 걷기로 했다. 그래서인지 주변에 못 보던 가게들이 눈에 들어왔다. 전엔 고깃집이었는데 무인 아이스크림 가게로 바뀐 데도 있었고, 이불 가게가 떡볶이 체인점으로 바뀌기도 했다. 옷 가게였던 곳은 핸드폰 대리점으로 신장개업했다.

내 발걸음을 멈추게 한 건물은 스틸 구조로 지은 새 건물이었다. 건물 외벽이 햇빛에 닿을 때마다 은빛으로 빛났다.

무심한 듯 걸어놓은 간판엔 깔끔한 폰트로 '다빌'이라고 적혀 있었다.

"영어인가? 이런 단어도 있었나?"

혼자 고개를 갸웃거리며 생각하고 있는데, 그 아래로 '원하는 것은 다 빌려 드립니다. 다빌~'이라는 문구가 보였다. 그러고 보니 최근 여자 아이돌 가수가 광고하는 것을 본 기억이 났다.

"뭐든지 다 빌려줘서 '다빌'이었어? 좀 유치한데 한 방에 이해는 되네."

피식 웃고 지나치려고 했다. 하지만 스치듯 지나며 본 몇 글자가 내 발을 멈추게 했다.

– 원하는 것은 무엇이든 빌려 드립니다. 가전제품, 전자제품, 자동차, 옷, 장난감 등 사물에서 개, 고양이, 새, 물고기 등 반려동물까지. 그리고 때와 장소, 필요에 따라 형, 동생, 사촌 누나, 친척 어르신 등 가족에서 이웃과 회사 동료까지 사람도 빌려 드립니다. 필요한 것이 있다면 이곳으로 오세요. 세상의 모든 것을 다 빌려 드립니다. 다빌!

"사람까지 빌릴 수 있다고? 친척 어르신과 이웃, 회사 동료까지?"

속으론 저런 사람들을 빌려서 뭘 하게? 라는 말이 툭 튀어 나왔다. 그러고는 무심코 조금 전의 생각이 다시 났다. 사람을 빌릴 수 있다는 말이지?

그렇게 생각하자 호기심이 뽀글뽀글 끓어올랐다. 묘한 기대감이 마음 깊은 곳에서부터 솟아났다. 지난달에 검은 용의 던전에서 40인 레이드 뛸 때도 이만큼 흥분되지는 않았었다. 나는 멈춰있던 발을 움직여 건물 안으로 들이밀었다.

건물 안은 일반적이지 않았다. 밖에서 보던 미니멀리즘 한 것과는 완전히 딴판이었다. 로비쯤 되는 곳은 고풍스러운 갤러리처럼 보였다. 벽에는 화려한 그림이 걸려있었고, 중앙에는 난데없이 작은 분수대가 자리 잡았다. 주변을 휘휘 둘러보는데 사람은 눈에 띄지 않았다. 안내원이 없는 것은 그렇다 치더라도, 안내판조차 없는 것은 어떻게 이해를 해야 하나?

"뭐야 여긴 처음 온 사람은 어떻게 하라고 이렇게 만들어 놓은 거야? 장사할 생각이 없는 건가?"

조금 전까지 들끓던 호기심이 순식간에 차게 식었다. 괜히 들어왔나 싶은 마음이 뒤따랐다.

"에이 씨. 걍 갈까?"

투덜거리며 다시 밖으로 나가려고 몸을 돌렸는데 2층으로 올라가는 계단이 보였다. 계단 옆에는 작은 안내 문구가 붙어 있었다.

– 오늘 안내 근무자는 휴가입니다. 처음 방문하신 고객님은 불편하시더라도 2층으로 올라오시기를 부탁드립니다. – 총괄 매니저 백 사령.

나가려다 발견한 거라 잠시 망설여졌다. 하지만 곧 내 발걸음은 2층으로 올라가는 계단을 밟고 있었다. 계단은 또 오래된 목조 계단이었다.

"이 건물은 통일성이라고는 눈곱만큼도 없구나. 누가 설계하고 인테리어 했는지 참으로 궁금하고만."

계단을 밟을 때마다 '끼익, 삐그덕'하는 소리가 들리는 것 같아서 기분이 묘했다.

2층은 로비와는 또 달랐다. 복도처럼 길게 나 있는 통로 양쪽으로 문들이 보였다. 사무실이 꽤 많은 건물인 모양이었다. 나는 통로를 따라 걸었다. 사무실 문 앞에는 안내 팻말이 작게 붙어 있었다.

201호 다빌전자 – 전자제품 전문 렌탈

202호 다빌가구 - 가구 전문 렌탈

203호 다빌레저스포츠 - 생활 스포츠 전문 렌탈

205호 다빌의류 - 디자인 의류 전문 렌탈

206호 다빌북스 - 희귀 도서 전문 렌탈

207호 다빌애니멀 - 반려동물 단기 렌탈

이런 사무실이 복도를 따라 양쪽으로 쭈욱 있었다. 도대체 이 건물 구조는 어떻게 된 건지 모르겠다. 신기했다. 겨우 통로 끝에 가서야 사람을 빌려준다는 사무실 팻말이 보였다

『218호 다빌인력개발 - 사람을 빌려 드립니다.』

다른 사무실과는 문이 좀 달랐다. 문손잡이 옆에 출입 카드를 대는 기계와 투명한 파란 빛이 나는 초인종이 보였다. 나는 초인종을 누르기 전 사방을 살폈다. 혹시 누구라도 있을까 조심스러웠다. 심호흡을 한번 깊게 한 후 조심스레 초인종을 눌렀다.

- 삐리리리, 삐리리리.

초인종 소리가 뭐랄까 굉장히 경박하고 방정맞게 들렸다. 조금 전까지 긴장하고 조심스러웠던 마음을 잊고 나도 모르게 '킥'하고 웃어버렸다. 곧 '철커덕'하는 소리와 함께 문이 열렸다. 순간 심장이 철렁해지면서 가슴이 두근두근 뛰었다.

'설마 이상한 곳은 아니겠지?'

사람은 없고 주변 분위기는 고요하다 못해 괴괴하니까 갑자기 불안해졌다. 하지만 이제 와서 뒤로 물러설 수도 없었다. 천천히 문손잡이를 돌려 문을 열고 안으로 들어갔다.

- 휴우!

나도 모르게 한숨이 새어 나왔다. 사무실 안은 생각보다 아늑했다. 바깥과는 분위기가 확 달랐다. 은은한 아이보리와 핑크색으로 꾸민 공간이 마음을 편하게 해주었다. 이 공간에서는 어쩐지 걱정거리를 담고 있는 게 어색할 것 같다는 느낌이 들었다. 여전히 사람은 아무도 보이지 않았다.

"계세요? 실례합니다. 저기요."

한 번, 두 번, 세 번을 부르고 나서야 등 뒤에서 한 아저씨가 나타났다.

"환영합니다. 어서 오세요."

"으헉! 씨…바람이 불어온다."

갑작스러운 등장에 기겁하며 입에서 욕이 튀어나왔지만, 황급히 말을 돌렸다. 민망했다.

"헉! 어떻게 제 뒤에서 나타나신 거예요?"

"하하하. 이것은 저의 개인적인 비밀이랍니다."

언제든 길에서 만날 수 있는 흔한 인상의 아저씨가 날 보고 미소를 지었다. 그걸 보니 살짝 마음이 놓이면서도 또 한 편으로 눈이 동그래졌다. 그도 그럴 게 아저씨의 차림새가 눈에 띄었다. 검은 양복에 은은한 보라색 나비넥타이, 한쪽 눈에만 끼는 외눈 안경에 동그란 대리석 공이 달린 고풍스러운 지팡이까지. 만화책에서 튀어나온 캐릭터 같은 느낌이었다.

"방문에 감사드립니다. 저는 원하면 다 빌려 드리는 다빌 렌탈 주식회사의 인력개발부서 담당 총괄 매니저인 공치성입니다. 공 매니저라고 불러주시면 되겠습니다. 무엇을 빌려 드릴까요?"

"저…. 원래 말을 할 때 숨을 안 쉬고 말하세, 아! 이게 아니지. 그 그러니까. 사람을 빌릴 수 있다는 것이 사실인가요?"

나는 일단 내가 아래에서 본 것이 확실히 맞는지 확인부터 했다. 솔직히 아무리 렌탈 사업이 활성화된 시대고 하객대행 업체 같은 것들이 있다고 할지라도 가족까지 빌려준다는 말은 믿기가 힘들었다.

"물론입니다. 가족을 원하시면 가족을, 이웃을 원하시면 이웃을! 다빌 인력개발에서 엄선한 사람을 빌려 드립니다."

"그럼. 혹시… 친구도 빌릴 수 있나요? 친구는 렌탈이 안 되겠죠?"

사실 별생각이 없었다. 그런데 다 빌릴 수 있다는 말에 불쑥 시험해보고 싶은 맘이 들었다.

"물론입니다. 친구도 렌탈이 가능합니다. 친구가 필요하신가요?"

"정말요? 정말 친구도 가능해요?"

"그럼요. 사실 사람 렌탈에서 가장 힘든 건 가족이 아니겠습니까? 난이도를 생각하면 친구 렌탈은 일도 아니랍니다."

공 매니저는 나를 보고 씨익, 웃었다. 웹툰에서나 볼 법한 전형적인 '당신이 원하는 것은 이루어 드리지요. 하지만 그에 따른 책임은 당신이 져야 할 것입니다.' 하는 표정이었다. 한마디로 굉장히 꿍꿍이가 있는 미소였다.

"어. 그럼 어떻게 하면 빌릴 수 있나요?"

"지금 몇 살이죠?"

"중2요. 그니까 15살이요."

"그렇군요. 그럼 이리로 와서 원하는 친구를 입력해보세요."

공 매니저는 나를 데리고 커다란 기계 앞으로 걸어갔다. 멀리서 봤을 때는 음료수 자판기처럼 보였는데, 가까이에서 보니까 달랐다. 언젠가 동네에 새로 생긴 스마트도서관 대출

기와 비슷해 보였다. 특히나 화면은 스마트도서관 대출 기계와 거의 비슷했다. 행복한 표정의 가족이 단란하게 모여 나들이 가는 모습의 사진 밑에 '대여, 반납, 이용 방법'이라는 버튼이 보였다.

"이 기계가 바로 저희 다빌 인력개발에서 야심차게 준비한 휴먼 렌탈기입니다. 이용 방법을 천천히 훑어보시고 대여 신청을 하면 되니까 시도해보시지요."

"저…근데 대여료는 얼마나 되나요?"

처음엔 약간의 장난으로 물었지만, 이쯤 되니 마음이 달라졌다. 기왕 이렇게 된 거 대여할 수만 있다면 대여하고 싶어졌다. 하지만 비용 문제가 있으니 그것부터 물었다.

"그것은 이용 방법을 눌러 보시면 상세한 안내 사항이 나올 겁니다. 거기 약관에 맞춰서 입력하시면 알게 되실 거예요. 아, 전 그럼 이만 안으로 가보겠습니다. 인터넷 상담이 들어와서 그걸 처리해야 할 것 같네요."

"아, 네."

"혹시라도 궁금한 게 있거나 불편한 사항이 있으시면 여기 보이시죠? 이 빨간 인터폰을 눌러 호출하시면 곧바로 안내해 드리겠습니다. 그럼 고객님! 일 잘 마무리하시고 안녕히 돌아가세요."

할 말을 마친 공 매니저는 마치 공연을 마친 마술사가 관객에게 하듯 우아하게 인사를 했다. 그러고는 옆에 있는 문을 열고 안으로 들어갔다. 멀뚱히 그 뒷모습을 보던 나는 문이 닫히고 공 매니저가 보이지 않자 나지막이 한숨을 쉬었다. 이번 한숨은 약간 안도와 편안함으로 쉬었다.

나는 다시 대여 기계를 유심히 쳐다봤다. 이 기계에 있는 버튼 하나만 누르면 친구를 빌릴 수 있다는 게 신기하면서도 어쩐지 믿기지 않았다. 그러다 불쑥 꼭 이렇게까지 해서 친구를 만들어야 할 필요가 있을까? 라는 생각도 들었다.

그때 불현듯 게임에서 내게 '너 친구 없지? 찐따지?' 했던 아이들의 말이 떠올랐다. 거기에 엄마가 했던 말도 떠올랐다.

일단 이용 방법 버튼을 눌렀다. 나도 더 이상 친구 없다는 말에서 해방되고 싶었다. 주르륵 첫 번째 단계 설명부터 나왔다.

'빌리고 싶은 유형의 사람을 선택하세요.'

– 가족, 친척, 이웃, 지인, 직장 관계자, 동창, 친구

'렌탈 대상의 외모, 성격, 나이, 성별, 취향을 선택하세요.'

그 외에도 선택할 수 있는 사항과 설명이 주르륵 이어졌다. 입이 쩍 벌어졌다. 한마디로 내 마음에 쏙 드는 사람을 만날 수 있게 돼 있었다.

나는 이용 방법에 따라 대여 버튼을 눌러서 내가 원하는 친구의 유형을 조합하기 시작했다. 그런데 이게 생각보다 쉽지 않았다. 지금까지 제대로 친구를 사귄 적이 없어 내가 어떤 친구를 좋아하는지를 몰랐다.

"와! 나는 내가 어떤 친구를 사귀고 싶었는지 그런 것도 모르고 있었구나. 하기는 내 마음도 잘 모르는데 친구 취향은 또 어떻게 알겠어? 에효, 좀 한심하네."

갈팡질팡하고 있는데 화면 오른쪽 아래에 분홍색으로 반짝이는 아이콘 하나가 보였다. 그것을 보는 순간 내 고민이 싹 사라지는 느낌이었다.

"그래. 고민이 될 때는 바로 이거지."

나는 주저하지 않고 반짝이는 분홍 아이콘을 눌렀다. 거기에는 '랜덤'이라고 적혀 있었다.

"그래, 이러면 어떤 친구가 나타날지 기대하는 설렘이라도 가질 수 있잖아?"

랜덤 버튼을 누르자 화면에 커다란 모래시계가 나왔다. 신청이 접수되었다는 안내가 바로 나온 후 비용 지급에 대한 내용이 나왔다.

─서유민 고객님의 친구 렌탈 신청이 접수되었습니다. 최종 비용 정산은 렌탈이 마무리되는 시점에 계산됩니다. 비용지

불은 현금 외에 다양한 방식으로 지급 가능합니다. 다빌을 이용해주셔서 감사합니다.

"뭐야? 다양한 방식으로 지급 가능하다고? 이럴 줄 알았으면 고민도 하지 말걸."

이미 신청을 했지만, 비용마저도 부담을 덜어줘 한시름 놓였다. 곧바로 대여 신청에 관한 또 다른 문자가 들어왔다.

– 다빌 프렌즈와 만날 시간과 장소를 정해주세요.

한참 동안 뚫어지게 문자를 쳐다봤다. 친구를 따로 만난 적이 없으니 어디서 만나야 할지 생각이 안 났다. 다른 아이들은 보통 친구들을 만나면 어딜 가는 걸까? 놀이공원? 어쩐지 번잡스럽고 유치하게 느껴졌다. 영화관? 남자 둘이 처음 만나서 영화관 가는 건 좀 아닌 것 같았다. 햄버거 가게? 먹방 찍는 것도 아니고, 입을 쩍쩍 벌리면서 햄버거 먹는 것도 이상하게 느껴졌다. 그렇다고 PC방이나 멀티방 같은 곳도 썩 내키지 않았다.

"젠장! 친구가 생겨도 머리가 아프겠네."

중학생이 갈만한 마땅한 장소가 이렇게나 없다니 한숨이 푹푹 나왔다. 나는 일단 내일 날짜로 장소는 학교 정문 앞을 써 났다. 일단 만나고 나서 생각하는 것이 속 편할 것 같았다.

'친구를 신청했더니, 양아치가 왔다.'

깊은 한숨이 나왔다. 기대에 부푼 채 학교가 끝나고 교문 앞으로 나오는데 누군가가 나를 불렀다.

"여어이! 서유미니!"

처음 보지만 어쩐지 낯이 익은 느낌의 내 또래의 남자아이였다. 키는 나보다 두 뼘은 커 보였고, 교복을 입은 몸은 딱 봐도 탄탄해 보였다. 오른쪽 귀에는 피어싱을 세 개나 박았다. 교복 옷깃 아래로 타투한 흔적도 보였다. 절대로 평범하지 않은 모습이었다.

"맞지? 네가 서유민이지?"

내가 고개를 끄덕였다.

"반갑다! 나는 필립. 다빌 프렌즈, 네가 렌탈한 친구."

"내가 렌탈한 친구라고?"

"여기 확인 해 봐."

필립이라는 아이가 자기 폰을 내게 내밀었다. 거기에는 다빌 로고와 함께 내 이름과 만날 장소, 시간이 적혀 있었다. 확인할 수 있는 QR코드도 떠 있었다.

"알겠어."

"그런데 어디 갈 거냐? 여기 계속 서 있을 생각은 아닌 거지?"

필립이 내 눈을 말똥말똥 쳐다보며 말했다.

"혹시 가고 싶은 데가 있어?"

나는 다시 필립의 의사를 물었다.

"그럼 배고픈데 일단 햄버거나 하나 땡기자."

말을 마친 필립은 내 대답을 듣기도 전에, 내게 따라오라는 듯 몸을 돌려 앞장서 걷기 시작했다. 기분이 살짝 상했지만 일단 거기에 맞춰 따라 걸었다. 필립은 혼자서 흥얼거리며 휘적휘적 잘도 걸어갔다. 어째 모양새가 주객이 전도된 느낌이었다. 분명 렌탈을 신청한 것은 나인데, 필립이라는 아이에게 말려드는 기분이었다. 불편했다. 입 안에 모래 알갱이가 들어와 서걱거리는 것처럼 마음이 껄끄러웠다.

'아이 씨. 내가 이래서 친구 사귀는 것을 싫어했는데, 대체 이게 무슨 사서 고생이람.'

나도 모르게 속으로 욕지거리와 한숨이 나왔다.

얼마나 걸었을까 필립이 학교에서 두 블럭 떨어진 수제 햄버거 가게에서 멈췄다.

"이곳이 꽤 맛있다더라. 괜찮지?"

여기 햄버거가 맛있다는 말은 나도 이미 알고 있었다. 그런데 필립은 '맛있어'가 아니라 '맛있다더라.'라고 했다. 그럼 먹어 본 적도 없는 곳으로 나를 데려온 것?

"고객 응대 차원에서 맛집 검색하고 왔거든. 들어가자."

마치 내 속마음을 들은 것처럼 필립이 말했다. 그런데 필립이 말한 고객이라는 단어가 거슬렸다. 친구 대여 서비스를 받은 건 틀린 말이 아닌데도 그랬다. 이럴 때 보면 나란 애도 꽤 웃긴다. 도대체 어쩌라는 거냐? 어쨌든 필립은 꽤 적극적인 아이임엔 틀림없었다.

'그래! 차라리 나처럼 소극적인 아이에게는 저런 녀석이 나쁘지 않을 수도 있겠네. 랜덤으로 선택하기를 잘한 것 같아.'

기왕에 이렇게 된 것, 이 상황을 긍정적으로 생각하기로 했다.

키오스크 앞에 선 필립은 나를 흘끗 보더니 묻지도 않고 '인싸 버거 세트'를 두 개 눌렀다. 화면에는 1만 4천4백 원 결재 안내가 찍혔다.

"뭐하냐?"

필립이 나를 보더니 왜 계산하지 않느냐는 듯 턱 끝으로 화면을 가리켰다. 순간 살짝 어이가 없었다. 주문을 하도 당당히 해서 나는 햄버거를 필립이 사겠다는 줄 알았다.

"어? 어… 어. 미안. 잠깐. 금방 계산할게!"

아이, 씨. 진짜 나는 또 왜 빙신같이 이렇게 자연스럽게 대답하는 건데? 속으로 투덜거리면서 용돈용 체크카드를 꺼냈다. 엄마는 매달 내 용돈 통장에 돈을 입금해줬다. 아마 내 통장에는 꽤 많은 돈이 들어 있을 거다. 게임 월 결재 말고는 특별히 돈 쓸 일이 없어서 거의 사용하지 않았기 때문이다. 사실 친구 대여도 그 돈을 믿고 신청한 것도 있다. 설마 친구 렌탈 서비스가 수백만 원까지 하지는 않을 테니 말이다.

계산을 마치고 나서 보니 필립은 매장 중앙에 놓인 탁자에 앉아 있었다. 나는 영수증과 번호표를 손에 쥐고 필립 맞은편으로 앉았다.

"그래서 서유민 너는 무슨 이유로 다빌 프렌즈 신청을 한 거야? 진짜 친구가 하나도 없어서 그런 것은 아니지? 뭔가 진짜 친구에게는 부탁하기 곤란한 일이라도 생겼어? 누가 너 괴롭히고 그러냐?"

이 자식, 일부러 알면서 물어보는 건가? 아니면 그냥 아무 생각이 없는 자식인가? 내 표정이 좀 그랬는지 필립은 부연 설명을 이었다.

"아니. 원래 고객 요청 사항에 무슨 이유로 사람이 필요하다고 적는 경우가 많거든. 그런데 너는 그냥 랜덤으로 친구가 필요하다고만 요청이 들어와서 말이지. 내가 할 일이 뭔지 알아야, 제대로 친구 역할을 할 거 아니야. 안 그래?"

들고 보니 그 말이 맞았다.

"음, 맞아. 나는 친구가 없어. 오해하지 마. 따돌림을 당하거나 괴롭힘을 당하거나 하는 그런 것은 아니야. 그냥 친구 사귈 필요성을 느끼지 못해서 그런 거니까."

"그런데 갑자기 왜 친구가 필요해졌는데?"

필립의 물음에 1초 정도 멍해졌다. 게임 때 들었던 말과 엄마의 말이 떠올랐지만 애써 지웠다. 그걸 있는 그대로 말하기엔 쪽 팔렸다.

"그냥! 친구 하나쯤 있어도 나쁘지 않을 것 같아서. 그리고 우리 엄마… 아니야. 그냥 이번에 친구를 사귀어 보는 것도 나쁘지 않을 것 같더라고."

마침 내가 말하고 나자 진동벨이 울렸다. 나는 자리에서 벌떡 일어나 햄버거를 받아왔다. 그리고 나니 기분이 살짝 이상했다. 내가 필립 셔틀이 된 기분이 들었다.

"냄새는 그럴듯하다. 야, 먹으면서 더 자세히 들어보자."

햄버거를 입에 집어넣으면서 필립은 내 이야기를 더 해보라는 눈빛을 보냈다.

"별거 없어. 그게 다라니까?"

"아니, 조금 전에 엄마 이야기하다 말았잖아?"

건들건들해서 남 얘기는 별로 신경 안 쓰는 줄 알았는데 아니었다. 필립이 내가 하려다 만 부분을 꼭 꼬집어 물었다.

"그냥… 엄마가 친구를 사귀면 좋겠다고 말해서. 솔직히 난 있어도 그만 없어도 그만이야. 하지만 알지? 엄마들 잔소리는 한 번 시작 되면 개미지옥인 거? 그냥 엄마한테 내가 친구를 사귀고 있다고 보여주려는 거야. 아마 그러면 엄마도 더 이상 내 인간관계를 신경 쓰지 않겠지. 그러면 나는 자유롭게 혼자라이프를 계속할 수 있게 되고 말이야. 너는 의뢰비를 다빌에서 받을 테니 모두 해피해지는 것 아니겠어?"

핑계를 대고 보니 그럴싸했다. 필립은 내가 말하는 동안 그야말로 몇 끼 굶은 애처럼 햄버거를 먹었다. 한입에 욱여넣기에는 절대 만만한 크기가 아니었는데도 그렇게 먹었다. 신기했다.

"그렁이까. 쩝쩝. 내그아 으읍 꿀꺽. 네 엄마 앞에서 친구 역할을 해주면 되는 거네?"

필립은 입 주변에 묻은 소스도 아랑곳하지 않고 내게 물었다. 그걸 보니 입맛이 싹 가셨다. 내가 고개를 끄덕이며 깨작거리자, 필립은 콜라를 들이켜며 물었다.

"배 안 고프냐? 그거 내가 먹어도 돼?"

"어? 어. 그래."

내 말이 끝나기가 무섭게 필립은 햄버거를 가져다 먹었다. 아니 저 모습은 그냥 해치웠다고 해야 할 것 같았다. 이름은 글로벌한데 먹는 건 영 머슴 스타일이었다.

"야. 그럼 가자."

어느새 햄버거를 다 먹어 치운 필립이 일어서며 내게 말했다.

"어디로?"

"어디기는? 너희 집이지."

"우, 우리 집?"

"그래. 가서 너희 어머니께 친구 사귀었다고 보여 드려야 할 것 아니야. 안 그래?"

필립의 말에 얼떨결에 '알았다'라고 대답해버렸다. 그러고는 속으로 또다시 나의 등신다움에 욕을 날렸다. 나도 참 가지가지 한다.

우리는 택시를 타고 집으로 왔다. 요즘 엄마는 집에 계신다. 방송국 피디인데 담당하던 프로그램이 종영해서 다음 작품 기획을 위해 쉬고 있다.

"어머? 이렇게 잘생긴 친구가 우리 유민이 친구라는 말이야? 정말? 호호호. 잘 왔어요. 이름이 필립이라고? 아줌마가 맛있는 거 시켜줄 테니까 유민이랑 놀다가 천천히 가도록

해. 알겠지?"

근 8년 만에 처음으로 집에 친구가 찾아왔다는 것에 엄마는 몹시 행복해 보였다. 이럴 줄 알았으면 진작 아무 애나 데려올 걸 그랬나?

"오오! 너희 집 진짜 좋은데?"

내 방에 들어와 앉은 필립은 연신 주위를 둘러봤다. 내가 만들어 둔 피규어를 유심히 살피고, 장르별로 정리해둔 만화책들을 뽑아 보고, 휴대용 게임기까지 만져보면서 잠시도 가만히 있지를 않았다.

'아까 학교 앞에서 봤을 때는 세상 시크한 양아치처럼 보이더니 이젠 촌뜨기 같네. 도대체 쟤 정체가 뭐야?'

"유민아."

필립이 부르는 소리에 퍼뜩 생각에서 빠져나왔다.

"왜?"

"이거 위텐도 좀 빌려주라."

"뭐?"

"친구라며? 그럼 우리 서로 도움이 되어야 하는 거잖아. 안 그래?"

배시시 웃으면서 필립은 손에 든 휴대용 게임기를 흔들었다. 어쩐지 기분이 팍 상했다.

"우리가 그 정도 사이는 아니지 않나? 오늘 처음 만났고, 진짜 친구도 아닌 렌탈 친구일 뿐인데 말이야."

내 말에도 필립은 아랑곳하지 않았다.

"뭐 그렇기는 하지. 그런데 처음부터 진짜 친구인 사이가 누가 있겠냐? 애초 사람을 사귀려면 처음의 어색함을 깨는 것부터 시작하는 거라고. 너는 그 어색함조차 견디기 싫었던 거고. 물론 말로야 '혼자인 것이 더 익숙해' 같은 중2병에 충실한 대사를 쳤지만 말이야."

마지막 말은 필립이 혼잣말처럼 했다. 하지만 딱 봐도 나들으라고 한 말이 분명했다. 마음이 몹시 혼란스러웠다.

'다른 아이들은 이럴 때 어떻게 하지? 그냥 참나? 화내나? 싸울까?'

게임 같으면 벌써 공격해서 박살을 내놓았을 거다. 하지만 현실에서 그랬다가는 범죄다. 물론 필립의 모습을 보면 물리적으로 내가 이길 가능성도 없다.

"고장 안 내고 가져올 거지?"

내 입은 내 마음과 다른 말을 꺼냈다. 도대체 어쩌자는 것인지 모르겠다. 사람을 사귀어 보지 않아서 그런지, 어떻게 거절해야 하는지도 모르겠다. 내가 정말 바보 같이 느껴졌다.

"그건 당연하지! 난 말이야, 남의 물건 함부로 다룰 만큼

개념 없는 녀석은 아니라고."

필립은 말은 잘도 했지만 내가 보기엔 개념이 없어 보였다.

그리고 희희낙락하며 위텐도를 빌려서 돌아간 필립은 사흘 후 처참한 상태의 위텐도를 들고 왔다.

"유민아! 재밌게 잘 가지고 놀았다. 근데 어쩌다 보니까 칠이 좀 벗겨졌네. 액정에 기스도 살짝 났고, 여기 케이스 좀 벌어진 것은 내가 강력 본드로 붙였는데, 감쪽같지 않냐?"

엄마는 즐거운 표정으로 우리가 먹을 간식을 가져다주셨는데, 그건 또 그것대로 짜증이 났다. 정말 친구 사귀는 것이 필요한 일일까? 심각하게 멘탈이 바스러지는 느낌이었다.

"야. 너 가라."

내 말에 필립이 처음으로 좀 황당한 표정을 지었다. 아마 내가 이렇게 말할 거라고 생각을 못 했던 모양이다.

"뭐?"

"가라고. 빡치니까 다빌이고 뭐고 그냥 가라니까!"

소리는 버럭 질렀지만 속은 쫄렸다. 아무리 우리 집이라고 하더라도 필립이 화를 내면 어쩌나 두렵기도 했다. 물론 위텐도 상태를 보면 화를 내야 하는 사람은 나인 건 확실했다. 그러자 필립은 자세를 바로잡더니 약간 정색하며 말했다.

"뭐 가라니까 그렇게 하기는 할 거야. 하지만 분명히 하자. 이 경우는 네가 그만두자고 한 거다. 물론 내가 위텐도를 원상태로 돌려주지 못한 부분이 있기는 하지만, 여하튼 그 뭐냐. 고객의 단순 변심에 의한 계약 중단이라는 거야. 다빌에는 그렇게 보고할 테니까 너도 그렇게 알고 있어."

기가 막혔다. 뭐 저렇게 뻔뻔한 자식이 다 있어? 필립이 돌아가고 나서도 어쩐지 분이 풀리지 않았다. 게임에서 내 캐릭터가 다른 유저에게 공격당해서 죽었을 때처럼 계속 화가 났다.

다음 날, 나는 다빌로 가서 따졌다.

"고객님! 그 부분에 있어서 도의적으로 사과는 드리겠습니다. 하지만 개인 간 동의하에 이루어진 사안까지 저희가 책임질 수는 없는 일 아니겠습니까? 필립 프렌즈에게 이 부분은 주의시키겠습니다. 그리고 이번 렌탈 비용 부분은 고객님의 불만족에 사과하는 의미로 무료 처리하겠습니다."

필립에 대한 내 불만을 공 매니저는 이렇게 말했다. 그리고 한 가지 제안을 더 했다.

"서유민 고객님의 경우 특별 혜택을 적용해드리겠습니다. 만족하실만한 다빌 프렌즈를 찾으실 때까지 무료로 서비스를 이용하실 수 있게 해드리겠습니다. 어떠신가요?"

위텐도 문제로 불만이 컸지만, 막상 만족할 때까지 무료로 이용할 수 있다고 하니 나쁘지 않았다. 강력하게 클레임 걸고 항의한 후 돌아가려고 했던 마음을 고쳐먹었다.

"알겠어요. 그러면 새로 친구 렌탈 서비스를 신청할게요."

이번엔 처음 왔을 때와 달리 대여 기계로 가서 척척 일을 처리했다. 이미 이용 방법을 알고 있어 별문제가 되지 않았다. 세상일은 언제나 한 번이 어렵지 두 번째부턴 익히 알고 있었던 것처럼 편하다.

새로운 다빌 프렌즈 신청을 마치고 집으로 돌아갔다. 그러자 누군가를 다시 만나는 것에 대한 기대감과 필립 같은 애가 또 나타나면 어쩌나 하는 부담스러움이 교차했다.

'필립은 랜덤이라서 그랬을 거야. 이번에는 내가 설정한 것들이 있으니까 마음에 들겠지.'

뭐든 제멋대로 하던 필립을 생각했더니 기분이 다시 상했다. 상대방을 무시하는 것이 어떤 느낌인지 배웠다. 분명 당장에 친구가 필요하기는 했지만, 솔직히 그런 친구는 원치 않았다. 그럴 바엔 차라리 친구가 없는 쪽이 더 낫다.

적어도 친구라면 같이 있는 동안 내 마음이 편할 수 있어야 하지 않을까? 내게는 그런 친구가 필요했다. 그런데 과연

내 마음에 편한 친구가 존재하기나 할까?

다시 신청한 두 번째 다빌 프렌즈는 그저 그랬다. 필립만큼은 아니었지만 조금 거슬리는 부분이 있었다. 그래도 내마음에 드는 렌탈 친구를 찾을 때까지는 무료라고 했으니 고민하지 않고 렌탈 해지하고 세 번째 프렌즈를 신청했다. 그리고 네 번째, 다섯 번째, 일곱 번째, 열 번째까지. 처음이 어렵지 그 사람 다음부터는 마음에 들지 않으면 돌려보내는 것은 별문제 되지 않았다. 마음에 부담감도 점차 사라졌다. 게임에서 새 캐릭터 뽑는 것 같은 느낌이랄까?

한 달 반 동안 열 명의 다빌 프렌즈가 우리 집에 드나들었다. 엄마는 이제 좀 피곤한 표정이었다. 매번 다른 애가 집에오니, 이제는 그냥 그러려니 하는 분위기였다. 열 번째 프렌즈인 도미닉이 왔을 때는 '놀다 가라.'는 한 마디가 전부였다. 이제 더 이상 친구 좀 사귀라는 말은 안 나올 것 같았다.

열한 번째 프렌즈를 신청한 다음 날, 나는 좀 기분이 좋았다. 이번에야말로 진짜 괜찮은 렌탈 친구를 만날 수 있을 것같은 예감이 들었다. 그간 만났던 친구들을 떠올리면서 최대한 내 마음에 찬 조건으로 신청을 했기 때문이다. 하나부터열까지 내가 원하는 모습으로 선택을 해놔서 그런지 기대가됐다.

– 서유민 고객님이 신청하신 다빌 프렌즈가 오늘 오후 4시 학교 운동장 등나무 벤치에서 기다립니다. 다빌.

이번에는 안내 문자마저 친절하게 느껴졌다. 조금 마음에 걸리는 것이 있다면 기다리겠다는 장소였다. 나는 재빨리 장소를 다른 곳으로 정해 답문을 보냈다.

– 만날 장소는 학교 앞 사거리 횡단보도로 했으면 좋겠어요.

– 알겠습니다. 그렇게 전달하겠습니다. 다빌.

문자를 받고 나니 묘하게 설렜다. 지금까지와는 또 다른 감정이었다. 뭐랄까? 진짜 만나고 싶은 친구를 만나는 기분이랄까?

학교가 끝나자마자 약속 장소로 나갔다. 다빌에서 보낸 친구는 내가 말한 장소인 사거리 횡단보도 앞에 서 있었다. 한눈에 보고 알 수 있었다. 나와 크게 차이 나지 않는 키, 적당히 평범한 외모, 튀지 않고 단정한 옷차림까지. 그러니까 다빌 프렌즈 렌탈 기계에서 내가 설정했던 모습 거의 그대로였다.

"혹시 다빌?"

이번에는 내가 먼저 다가가서 물었다.

"응. 혹시 네가 서유민?"

"맞아."

"반가워. 내 이름은 제논이야."

"아, 제논? 그래. 만나서 반가워. 어디 가고 싶은 곳 있어?"

이상했다. 지금까지 만난 다빌 프렌즈들과 달리, 이번엔 뭐든 내가 먼저 이 친구에게 말을 걸고 있었다. 첫 번째 만났던 필립은 자신이 주도권을 쥐고 나를 마음대로 했었다. 그 이후로 만났던 다빌 프렌즈들도 내 의견을 묻기는 했지만, 조금씩 거슬리는 부분들이 다 있었다. 하지만 이번에는 달랐다. 특별히 이유가 뭐냐고 물어보면 나도 잘 모르겠다. 하지만, 어쩐지 내가 주도적으로 되었다.

"음. 넌 어떤데? 나랑 가고 싶은 곳이 있어?"

제논이 조심스럽게 되물었다. 나를 배려하는 모습이 마음에 들었다.

"이 시간이 되면 나는 배가 좀 고프더라. 근처에 괜찮은 수제 버거 가게가 있는데 거기 갈래? 어때?"

"아, 좋아. 나도 마침 배가 고팠거든. 먹으면서 서로 알아가면 되겠다."

제논은 가볍게 웃으면서 내 말에 따랐다. 나는 자연스럽게 앞장섰다. 제논은 내 옆으로 와서 내 걸음에 맞춰 걸었다. 더 빠르지도, 늦게 처지지도 않은 속도였다.

'애가 점점 마음에 드는데? 이럴 줄 알았으면 처음 다빌 신청할 때부터 좀 자세히 설정할 걸 그랬어. 아니야, 그래도 그런 과정이 있었으니까 마음에 드는 친구를 찾았잖아. 그럼 됐지 뭐.'

나는 내 선택에 꽤 만족스러웠다.

제논과 함께 도착한 곳은 처음 필립과 간 수제 버거 가게였다. 필립하고 갔을 때 기분이 썩 좋지는 않았지만, 햄버거가 맛있기는 해서 혼자 몇 번 왔었다. 그래서인지 오늘 유독 생각이 났다.

"제논, 뭐 먹을래?"

키오스크 앞에서 내가 물었다. 제논은 메뉴를 슬쩍 보더니 약간 난감한 듯 내게 말했다.

"음… 유민이 너는 뭐 먹을 건데?"

"나는 핫인싸버거 세트 먹을 거야. 전에 먹어 봤는데 괜찮더라고."

"그럼 나도 너랑 같은 거 먹을게. 괜찮지?"

제논이 싱긋 웃으며 말했다. 내가 고개를 끄덕거린 후 주문을 입력했다. 무례하지도 않았고, 이거 먹자, 저거 먹자 하지도 않았으며, 여러 개 시켜서 같이 먹자는 소리도 안 했다. 깔끔했다. 우리 주문 번호가 울리자 제논은 눈치껏 일어나서

버거 세트를 챙겨 왔다.

"고마워. 내가 가려고 했는데."

"아니야. 계산을 네가 했으니까 이런 거는 내가 해야지."

제논과는 말이 잘 통했다. 신기할 정도로 취향도 잘 맞았다. 이런 친구를 전에는 왜 못 사귀었나 싶은 정도였다.

"유민아! 내가 백업을 할 테니까 네가 파고들어서 막타쳐!"

"오케이! 간다!"

우리는 인기 게임 '몬스터 사냥꾼 3'도 같이 공략했다. 합이 참 잘 맞았다.

─꿀잼제논 : 유미나! 님네 학교 중간고사 다음 주 아님? 우리 학교도 같음. 같이 공부 어떠심?

─Uㅁ1ㄴ : 어키. 토욜 오전 8시. 구립도서관. 열공 달리게.

─꿀잼제논 : ㅋㅋㅋㅋ그때보자.

중간고사 준비도 같이했다. 제논은 공부를 썩 잘하지는 못했지만, 열심히 하는 편이었다. 특히 수학의 경우 내가 제논의 공부를 도와줄 수 있었다. 나는 이미 엄마 등쌀에 선행학습으로 고등학교 과정까지 마친 상태라 어려운 것이 없었다.

"오오, 이게 이렇게 풀리는 거였구나. 고맙다 유민아. 이번에 수학 점수 좀 올릴 수 있겠네."

"그래? 잘 됐다."

어쩐지 중간고사에 자신감이 붙었다며 좋아하는 제논의 얼굴을 보니, 뿌듯한 마음마저 들었다. 처음으로 싫다는데 선행학습 과외를 강제로 시켜준 엄마에게 고맙다는 생각이 들 정도였다. 물론 다시 하라면 절대 안 하겠지만.

어느덧 두 달이 훌쩍 지났다. 제논은 이제 다빌 프렌즈에서 대여한 친구가 아닌 진짜 친구가 되었다. 최소한 나에게는 말이다.

"유민아. 너 그거 기억해? 내일모레 극장판 귀멸의 칼부림 개봉하잖아. 우리 그거 같이 보기로 했었는데?"

"당연하지. 안 그래도 너하고 개봉 일에 같이 가자고 연락할 생각이었다규!"

"푸핫~ 오키 오키. 내가 그럼 2장 예매할게. 괜찮지?"

"알았어. 그러면 나는 팝콘이랑 콜라랑 살게. 어때?"

"좋지. 참 그리고 전에 빌렸던 만화책 두 권이랑 레트로 게임팩은 그날 돌려줄게. 고마워."

"뭘 그런 것 가지고. 알써. 그때 봐."

전화를 끊자 옆에 있던 엄마가 놀란 얼굴이었다.

"너 제논이랑 아직도 친하게 지내고 있었어? 다른 애들은 3일을 안 가는 것 같더니?"

"애는 좀 달라요. 그리고 전에는 친구 사귀라고 안달하시더니. 참."

"아니, 기특해서 그러지. 몇 달 전만 해도 '혼자가 편해!'라고 하던 우리 중2병 아들이 이제 좀 사람다워졌으니 말이야."

나는 피식 웃으면서 내 방으로 돌아왔다. 내가 생각해도 두 달 동안 내가 참 많이 변했다. 사람이 이렇게 짧은 시간에 변할 수도 있구나 싶었다. 이것이 바로 우정의 힘인가?

기다리던 '귀멸의 칼부림' 개봉일. 나는 제논과 약속했던 무비 박스로 서둘러 나갔다. 언제나 제논이 나보다 먼저 나와서 기다리고 있었기 때문에 오늘은 내가 먼저 가서 기다릴 생각이었다.

영화 안내 리플릿을 살피며 있었는데, 저쪽에서 제논이 통화를 하면서 걸어오는 것이 보였다. 나는 장난을 치고 싶어서 얼른 기둥 뒤로 숨었다. 제논은 통화하느라 나를 발견하지 못했는지 기둥 앞 의자에 털썩 앉아서 통화를 했다.

"나 무비 박스. 말 했잖아? 오늘 서빠칩 만나는 날이라고."

제논을 놀래키려고 몰래 다가서다 우뚝 멈춰 섰다. '서빠침'이라는 말이 귀에 콕 박혔다.

"야! 말도 마라. 이 새끼 완전 제 멋대로라니까. 게임을 하면 딜러는 늘 지가 해. 아이템 떨어져도 좋은 것은 또 지가 쳐 루팅 해요. 짜증이라고."

지금 저거 내 이야기인가?

"중간고사 때 아주 가관이었다. 선행학습 좀 했나 봐. 수학 몇 문제 알려주는데 어찌나 유세를 떠는지. 꼴값도 그런 꼴값이 없었다니까. 근데 또 내가 알랑거려주니까 얼마나 헤벌쭉하니 좋아하는지. 속으로 욕 한 바가지 넘치게 해줬다."

내 이야기가 맞았다. 피가 차갑게 식는 느낌이었다.

"야, 필립. 네가 처음부터 똑바로 했으면 내가 서빡침이 뒷수발 안 들어도 됐잖아. 공 매니저님도 까다로운 고객이라서 제대로 하라고 얼마나 갈구었는지 알아? 씨."

제논은 내게 맺힌 게 많은지 계속 투덜거렸다. 듣고 있기가 민망할 정도였다. 난 계속 기둥 옆에 서서 제논이 어디까지 말하는지 지켜보기로 했다

"애초에 말이야. 진짜 친구를 대여하겠다는 것이 정상적이기는 하냐? 아니, 그러니까 내 말이. 한쪽이 일방적으로 다른 쪽에 맞춰서 기분 좋게 해주면 그게 호구지 친구냐는 말이야? 안 그래? 필립 니 새끼가 처음부터 이상하게 고객 응

대를 해서 이따위로 꼬인 거잖아."

계속 듣고 있는데 가슴 한가운데가 따끔따끔했다. 울렁거리고 토할 것 같았다.

"우정이라는 것이 돈으로 되겠어? 그게 빌린다고 빌려져? 응? 쌓아가는 거잖아. 처음에는 좀 마음에 안 드는 것도 있겠지. 서로 성격이나 성향 차이도 있는 것이 당연하고. 그러다 안 맞으면 싸울 수도 있잖아? 그래도 티격태격하면서 화해도 하고, 그런 것 아니겠냐고. 아, 씨. 근데 서빡침 고객님은 그런 게 없어요. 애가 개복치도 아니고 지 마음에 조금만 거슬려도 표정이 변하더라고. 그 우정을 쌓아가는 과정을 개는 렌탈로 퉁 치려고 들더라니까. 아, 몰라."

퉁 치려고 그랬던 것은 아니었다. 다만 내가 누군가를 사귀어 본 경험이 없었고, 두려운 마음도 있었고, 내가 어떤 친구를 좋아하는지 내 마음도 몰랐을 뿐이다. 하지만 이제 와서 이게 다 무슨 소용이냐는 생각만 들었다.

"공 매니저님도 2주만 더 버티라더라. 다빌 프렌즈 약관에 신청일 기준 99일 이후에는 프렌즈 측에서 렌탈 서비스 중단하고, 정산받을 수 있다고 하더라고. 그래. 이번에 정산받으면 새로 나온 플레이박스6S 살 수 있다니까. 어. 그것만 생각하고 꾸욱 참고 있다. 야. 서빡침 올 시간 됐다. 끊어."

제논은 전화를 끊었다. 그리고 아무 일 없다는 듯이 늘 봐왔던 익숙한 표정과 모습으로 누군가를 기다리기 시작했다. 아마 그 누군가는 나겠지? 나는 조용히 그 자리를 빠져나갔다.

아까는 피가 차갑게 식는 느낌이었는데, 이제는 심장이 불타는 느낌이 들었다. 머리 뒤가 뻣뻣해지도록 화가 났다.

몸을 돌려 단숨에 다빌 건물 앞까지 찾아왔다. 공 매니저에게 강력히 항의할 생각이었다. 그때 제논에게 문자가 왔다.

- 유민아! 나 1시간째 기다리는데 안 오네? 너 무슨 일 있어? 혹시 아파?

부재중 전화도 3통 찍혀있었다. 분을 못 이겨 여기까지 오느라 전화 온 줄도 몰랐다. 제논 번호를 차단해버렸다. 다빌 건물로 들어가 공 매니저를 만났다.

나는 공 매니저에게 제논과의 다빌 프렌즈 계약을 끝내겠다고 말했다. 제논이 필립과 통화하면서 했던 이야기들을 대략 정리해서 말했다. 공 매니저는 무척 난감해했다.

"어쨌든 제가 제논을 대여한 시간이 있으니까 그거 정산은 할게요. 제논이 제 뒤통수를 치기는 했지만, 덕분에 제가 배운 것도 있으니까요."

공 매니저는 그 비용도 받지 않겠다며 새로 프렌즈를 신청하라고 했지만, 이제 그러고 싶은 마음이 한 방울도 생기지 않았다. 비용을 지급하겠다고 한 것도 깨끗이 정리해버리기 위해서였다. 찜찜함을 남기기 싫었다. 내 마음만큼이나 용돈 통장이 텅 비었다.

집에 들어와서 침대에 누웠는데 심장이 너덜너덜한 느낌이었다.

"친구 사귀는 것이 이렇게 힘든 일이구나."

나는 그냥 다시 혼자가 되었다. 아무에게도 상관하지 않고, 아무에게도 마음 줄 필요 없이 그게 편했다. 그리고 좀 무덤덤해졌다. 가끔 제논 생각이 났다. 굉장히 상처받았는데, 그냥 같이 게임하고, 놀고 했던 시간은 또 좋았다는 느낌이었다. 여전히 나는 내 마음을 잘 모르겠다.

방학을 앞두고 유난히 지치는 느낌이 들었다. 책상에 엎드려 있는데, 누가 내게 말을 걸었다.

"야. 서유민. 밥 먹으러 안 가냐? 요새 쫌 사람답게 보이더니, 어째 다시 원상대로 돌아갔다?"

옆자리의 진우였다.

"꺼져. 귀찮아."

"오올~ 너 그런 말도 할 줄 알았어? 그런데 사람이 촛불도 아니고 어떻게 꺼지겠냐? 우핫핫핫!"

"너 뭐냐? 그게 웃기냐? 우리 할아버지도 그런 개그는 안 치겠다."

"그럼 너는 지금부터 내 손자 해라."

"아니. 이야기가 왜 그렇게 되냐고?"

"아, 됐고. 일어나라고. 오늘 급식 특식이라고."

"뭔데? 언제부터 나한테 신경 썼다고 그러는데?"

"지금부터. 너 은근히 웃기더라고. 재수 없는데 애가 관찰하는 맛이 있더라."

"욕이냐?"

"그럼, 칭찬이겠냐?"

"아, 꺼지라고."

"촛불 아니라니까!"

어이가 없어 웃음도 안 났다. 근데 진우 애는 원래 이런 녀석이었나? 모르겠다. 다 귀찮다. 친구고 뭐고 이제 관심 끊을…. 가만! 난 왜 한 번도 반 아이 중에서 친구 삼을 생각을 안 한 거지?

난 방금 내 자리에서 뒤쪽으로 간 진우 뒷모습을 쳐다봤다. 생각해 보니 누군가가 나에게 이렇게 말 걸어 준 것이 처음인 것 같았다. 그래서인지 갑자기 귀찮았던 진우가 궁금해졌다. 여태 멀리서 새로운 친구를 만나려고 했는데 생각을 바꿔보는 것도 괜찮을 것 같았다. 나는 얼른 자리에서 일어났다. 그리고 약간의 용기를 내 소리쳤다.

"야. 지, 진우야. 같이 가."

그래. 친구는 빌리는 게 아니라 사귀어야 맛이지.

운동 나가는 길, 집 앞에 렌탈 광고지를 붙여둔 걸 봤다. 정수기, 비데, 공기 청정기, 침대, 청소기, TV, 냉장고, 안마 의자, 건식 사우나기까지 빌려준다는 광고였다. 집에서 나와 좀 뛰다 보니 현수막이 붙어 있다. 새 자동차를 장기로 렌트해주겠다는 화려한 현수막이었다. 계속 뛰었다. 옆으로 공유 자전거와 공유 킥보드를 탄 사람들이 휙휙 지나갔다.

땀에 흠뻑 젖어 집으로 돌아오는 길에는 자동이체 문자가 뜬다. 넷*릭스와 리*북스, 월*등 정기 구독료가 빠져나갔다. 내 소유가 아니어도 돈만 있으면 언제 어디서나 얼마든지 빌릴 수 있는 렌탈의 시대! 지금이 바로 그런 시대인 것 같다. 언제부턴가는 물건뿐만 아니라 결혼식 하객에서부터 부모, 데이트 상대까지 빌릴 수 있는 것의 범위가 더 넓어지기도 했다. 이쯤 되면 세상에 빌리지 못할 것은 하나도 없는 것 같다. 어쩌면 현대인을 지칭하는 새로운 정의로 '호모 렌탈리안'이라고 해도 되지 않을까 싶다.

어쨌든 세상은 마음만 먹으면, 돈만 있으면 뭐든 빌릴 수 있는 편리한 세상이 된 것만은 확실하다. 그러므로 우린 정말이지 불편할 게 하나도 없는 그런 시대를 살고 있다. 그렇다. 분명 쉽고, 편리해서 거침없이 원하는 대로 살 수 있다. 하지만 내 것이 아니어도 편하게 사용하고, 필요가 다하면 반납해버리면 그만이어서일까? 소중함이라는 가치는 점점 옅어지고 하찮아진 느낌이다. 아무렇게나 길에 널브러진 공유 자전거나 공유 킥보드를 볼 때마다 그 생각이 늘 따른다.

살다 보면 가끔 외로울 때가 있다. 그건 어른이나 청소년이나 어린이나 다 마찬가지일 것이다. 그럴 때면, 허전한 마음을 알아주고, 하잘것없는 넋두리를 몇 시간이고 들어줄 누군가 필요하다고 생각한다. 보통 우리는 그런 사람을 '친구'라고 부른다. 문제는 마음에 잘 맞는 친구를 만나기가 쉽지 않다는 것.

문득 마음에 제법 잘 맞는 친구를 렌탈해주는 서비

스는 없을까? 그 생각에서 <친구를 빌려드립니다.>는 아이디어가 시작되었다. 모든 것을 빌릴 수 있는 세상에서, 친구마저 빌릴 수 있다면 어떨까? 하는 생각에서 말이다.

다만 내 마음을 알아주고, 이해해주고, 함께 해주는 우정을 쌓는데 얼마의 구독료를 입금해야 할지는 모르겠다. 그게 요금으로 해결되는 것이었다면 과연 '우정'이라고 불러야 할지 아니면 '서비스'라고 해야 할지도 모르겠다. 책을 읽는 여러분이 답을 찾았으면 좋겠다. 여러분 곁에 있는 사람이 친구인지 서비스 제공자인지.

2023년 작가 임지형

빌려드립니다

1판 1쇄 인쇄 2023년 8월 28일
1판 1쇄 발행 2023년 9월 4일

지은이 · 김이환 임지형 정명섭
발행인 · 주연지
편집인 · 석창진 **편집** · 박영심 이혜진
디자인 · 김지영

펴낸곳 · 몽실북스 **출판등록** · 2015년 5월 20일(제2015 - 000025호)
주소 · 서울 관악구 난향7길52
전화 · 02-592-8969 **팩스** · 02-6008-8970
이메일 · mongsilbooks@naver.com
네이버 포스트 · post.naver.com/mongsilbooks_kr
인스타그램 · instagram.com/mongsilbooks
ISBN 979-11-92960-45-6 (43810)

몽실북스에서는 작가님들의 원고를 기다리고 있습니다. 자신만의 이야기를 책으로 만들고
싶다 하시면 언제든지 mongsilbooks@naver.com으로 연락처와 함께 기획안을 보내주세
요. 몽실몽실하게 기대하며 기다리겠습니다.